KB004475

HIGH PERFORMER

PROFILE

하이 퍼포머 프로파일

하이 퍼포머 프로파일

초판 1쇄 발행   2023년 05월 15일

글쓴이	김상범
펴낸이	김왕기
편집부	원선화, 김한솔
디자인	푸른영토 디자인실

펴낸곳	**(주)푸른영토**	
	주소	경기도 고양시 일산동구 장항동 865 코오롱레이크폴리스1차 A동 908호.
	전화	(대표)031-925-2327 팩스 ∣ 031-925-2328
	등록번호	제2005-24호.(2005년 4월 15일)
	홈페이지	www.blueterritory.com
	전자우편	book@blueterritory.com

ISBN 979-11-92167-19-0   03810
ⓒ김상범, 2023

수많은 기업들을 변화시킨 영업사원 미래가치 식별 노하우

HIGH PERFORMER

하이 퍼포머 프로파일

PROFILE

김상범 지음

푸른영토

시중에는 영업실적 향상이나 영업관리기법에 관한 다양한 책들이 널려있다. 하지만 이런 책들을 읽고 책에서 소개하는 방법들을 적용해 보아도 여전히 많은 문제들이 영업 조직에서 발생한다. 또한 많은 기업들이 예산과 시간을 들여 영업사원들의 변화를 위해 각종 교육에 투자한다. 그러나 기대한 것만큼의 변화나 성과를 보장해 주지 않는다. 왜 새로운 기법과 기술, 새로운 방법론, 새로운 교육이 더 좋은 결과를 가져다주지 않는 걸까?

이에 대한 해답은 아주 명백하다. 바로 사람에 문제가 있기 때문이다. "문제는 사람이다."

이 책은 영업 성과 향상을 위한 영업 스킬이나 교육훈련에 관한 이야기나, 영업관리자의 리더십에 관한 이야기도 아니다. 그보다 한 단계 더 깊은 인간의 능력에 관한 이야기며 인간의 내면세계에 대한 이야기다. 또한 이 책은 어떻게 최고의 영업사원을 채용하고 육성할 수 있는지, 그리고 그것이 영업 조직에 어떤 영향을 미치는지에 대한 이야기다.

이 책에서 다루는 내용은 높은 실적을 달성할 수 있는 우수한 영업사원을 채용하거나 기존의 영업사원의 미래가치를 제대로 평가하기 위해 경영진이나 영업관리자, 또는 영업사원 채용 담당자가 무엇을 알고 이해해야 하는지를 알려줄 것이다.

필자는 기업과 대학에서 직업인으로서 살아온 대부분의 시간을 불모지를 개척하는 심정으로 고실적 영업사원들의 특성에 대해 연구해 왔다. 또한 연구 결과를 유수의 기업에서 다양한 영업 조직들에 적용함으로써 많은 성과를 경험하였다. 따라서 이 책에서 제시하는 개념들은 필자의 실증연구에 기초한 것들이다. 더 중요한 것은 필자가 영업 현장 속에서 수많은 영업 조직들과 일하면서 얻은 경험들에 기초했다는 것이다.

필자가 컨설팅하거나 교육했던 기업들에서 나타나는 공통적인 문제점들은 바로, 영업관리자들이 영업팀 구성 시 자신들이 종사하는 산업에 적합한 영업사원의 특성을 전혀 고려하지 않는다는 것이다.

필자가 이 책을 쓴 목적이 바로 이 문제를 제기하고 그 해법을 제시하기 위한 것이다.

"이 영업사원이 우리 회사 제품을 제대로 팔 수 있을까?"에 대해 답하기 위해서는 우리 회사에 적합한 영업사원의 특성이 무엇인가를 정확히 이해해야 한다.

영업은 사람이 하는 것이다. 인간은 지구상에서 제일 예측이 가능하면서도 예측이 불가능한 생명체이다. 누군가를 채용할 경우, 특히 영업사원을 채용할 경우 채용의 성패에 대한 절대적인 확신이나 보장이라는 것은 없다. 그렇지만 필자는 20여 년간 많은 영업사원들을 채용하고 육성하는 과정에서 경험한 시행착오들을 개선하면서 영업사원들을 채용하는 데 특별한 성과를 거둘 수 있었다.

이 책에는 필자가 영업사원 채용 및 육성과 관련된 해법을 찾기 위해 기업들과 함께 현장에서 적용하고 연구했던 사례들을 소개했다. 이 정보들은 이미 수많은 회사들을 변화시켰다. 영업관리자나 채용담당자가 이 책을 읽는다면, 적어도 두 가지는 알게 될 것이다.

첫 번째로는 이 책을 통해 당신이 지금까지 알고 있던 영업사원들을 채용하고 육성하는 방식보다는 훨씬 더 많은 아이디어와 사례를 알게 될 것이다. 두 번째로는 이 책을 통해 고실적 영업사원High performance salespeople들에 대한 특성과 구성요소들에 대해 이해하고 활용한다면 당신이 책임지고 있는 영업팀의 생산성은 크게 향상될 것이다.

이 책은 대부분의 영업관리자들이나 경영진들이 그 존재조차 알지 못했었던 새로운 개념들에 대해 알려줄 것이다.

"사상누각"이란 모래 위에 세운 누각이라는 뜻으로, 기초가 튼튼하지 못하여 오래 견디지 못할 일이나 물건을 이르는 말이다. 기초가 튼튼한 땅 위에 집을 세워야 비바람이 몰아쳐도 집은 끄떡하지 않는다.

영업 조직 또한 튼튼한 기초 위에 세워야 경기가 좋은 시절에만 버티는 것이 아니라 불경기에도 변함없이 회사의 목표를 달성하고 버틸 수 있다. 튼튼한 기초란 영업관리자인 당신이 채용하고 육성하고 유지하고 있는 영업사원들의 질이다.

채용책임자나 영업관리자가 영업사원이 회사에서 발휘해야 할 중요한 외적·내적인 특성과 역량에 대한 깊이 있는 이해가 없다면 결국 사상누각이 되고 말 것이다.

회사에서 필요로 하는 영업사원의 자질에 대한 철저한 이해를 통해 튼튼한 기초 위에 영업 조직을 세워라. 이 책이 그 해법을 제시해 줄 것이다.

2023년 5월
김상범

차
례

프롤로그 ··· 4

PART 1 어떻게 고실적자를 채용할 것인가?

CHAPTER **1** 왜 우리 팀에는 탁월한 영업사원이 없을까?   15

어떤 지원자를 채용해야 하는지 모른다   16

무엇을 평가하고 개발해야 하는지 모른다   17

가장 절박할 때 사람을 채용한다   18

개인적 취향이나 감에 의해 채용한다   19

명확한 채용 절차가 없거나 기준이 모호하다   20

동기부여가 되지 않는 영업사원들이 존재한다   21

채용 시 반드시 고려해야 할 사항   23

CHAPTER **2** 행동 유형 평가 만으로는 부족하다   26

네 개의 행동 유형   34

CHAPTER 3 **인지 능력을 파악하라**　　　39

CHAPTER 4 **지배 가치를 파악하라**　　　50

CHAPTER 5 **영업 스킬보다 어떤 사람인가가 중요하다**　　　62

CHAPTER 6 **한발 물러서서 지원자를 관찰하라**　　　75

　　　지배 가치의 문제　　　77

　　　인지 능력의 문제　　　82

CHAPTER 7 **고실적 영업사원 프로파일**　　　88

CHAPTER 8 **둥근 구멍에 박혀있는 네모난 못**　　　93

PART 2 어떻게 고실적자를 육성할 것인가?

CHAPTER 9 **팀원들에 대해 제대로 파악하고 지원하라**　　　113

　　　팀을 이해하라　　　118

　　　팀을 지도하라　　　122

　　　최적의 결정 내리기　　　125

CHAPTER **10 기존의 영업사원들은 어떻게 할 것인가?**   130

행동의 수정   132

거절을 다루기 : 인지 능력의 이슈   136

지배 가치의 충돌   139

CHAPTER **11 채용에 관한 불편한 기억**   147

행동 유형 문제   148

인지 능력의 문제   154

지배 가치의 문제   158

CHAPTER **12 영업사원 교육훈련의 한계**   164

CHAPTER **13 채용이 우선이다**   168

CHAPTER **14 적합한 자리를 찾아라**   172

CHAPTER **15 무조건 최고를 채용하라**   178

CHAPTER **16 면접을 통한 성과 예측**   182

구조적 면접   184

비구조적 면접   186

행동기반 면접   187

성과기반 면접   188

스트레스 면접   190

CHAPTER **17 정체된 영업사원, 어떻게 할 것인가?**   192

정체의 징후   193

정체의 원인과 해결방안   194

HIGH PERFORMER PROFILE

PART 1

어떻게
고실적자를
채용할 것인가?

왜 우리 팀에는 탁월한 영업사원이 없을까?

영업관리자라면 누구나 한 번쯤 '우리 팀에는 왜 탁월한 영업 사원들이 없을까?'라는 생각을 해 본 적이 있을 것이다. 지속적 으로 최고의 성과를 낼 수 있는 영업사원을 채용하고, 붙잡아 두 기란 쉬운 일이 아니다. 그럼에도 불구하고 영업관리자들에게 탁월한 영업사원이 될 만한 재목을 선발하는 데 고려해야 할 사 항들에 대한 지원과 교육이 제대로 제공되지 않고 있다. 그 때 문일까? 영업관리자들이 고실적을 나타내는 탁월한 영업사원을 채용하는 문제는 운에 달렸다고 믿는 경향이 있다. 그러나 실제 로는 전혀 그렇지 않다. 그렇다면 영업관리자들이 왜 탁월한 영 업사원들로 구성된 영업팀을 구축하지 못하는지 알아보자.

어떤 지원자를 채용해야 하는지 모른다

대부분의 영업관리자들은 한때 아주 유능한 영업사원이었을 가능성이 높다. 과거에 유능한 영업사원이었기 때문에 영업관리자라는 직책을 맡았을 것이다. 그러나 조직 행동이나 성과, 리더십에 관한 전문 교육을 받아 본 경험이 없는 경우가 대부분이다. 단지 자신의 경력을 바탕으로 영업사원들을 채용한 경험이 있을 뿐이다. 이런 식으로 영업관리자들은 자신의 이력과 경험에 의존해 영업 조직을 이끄는 경우가 많다. 따라서 안타깝게도 이들이 채용한 사람들 중 많은 이들이 조직에서 원하는 결과를 보여주지 못한다.

문제는 영업관리자들이 영업사원에게 무엇을 기대하고 있는지에 대해 명확한 인식이 없다는 것이다. 또한 어떤 영업사원이 '왜 탁월한 성과를 내는지'에 대해서도 정확히 모른다는 것이다. 이러한 문제의 원인은 영업관리자들이 탁월한 영업사원에 관한 명확한 청사진이 없기 때문이다.

영업관리자들이나 채용담당자는 어떤 이들을 영업사원으로 발굴해야 하는지 잘 모른다. '인재 발굴'이라는 문제가 어떻게 그리고 얼마나 깊이 개인의 내면과 연관되어 있는지 모를 경우, 감에 의해서 채용을 결정하게 된다. 이런 경우 보통은 지원자의 이력서와 면접을 통해 추측된 성격을 보고 결정한다. 때로는 성격

검사를 참조하여 채용이 진행되는 경우도 있다. 이는 단순히 영업관리자의 감에 의해 결정하는 것보다 나을지는 몰라도 지원자의 잠재적 역량에 관한 전체적인 그림을 보기는 쉽지 않다.

인간은 무척 복잡하다. 이러한 채용 절차나 도구들이 때로는 도움이 될지 몰라도 탁월한 실적을 올리는 영업사원을 발굴하는 데 도움이 되지는 않는다.

결론적으로 영업관리자나 채용담당자가 어떤 영업사원을 채용해야 할지를 정확히 모른다면 성공적인 영업팀을 만들 수 있는 가능성은 희박하다.

무엇을 평가하고 개발해야 하는지 모른다

영업관리자가 무엇을 평가하고 교육해야 하는지 모른다면 영업사원들에 대한 제대로 된 평가나 훈련 또한 이루어질 수 없다. 영업사원들이 보유한 역량과 성과를 내는 데 필요한 역량 사이의 상관관계를 분석하고, 그 연관성을 찾아낸다면 영업사원들의 성장과 실적에 큰 영향을 미칠 것이다.

이런 평가 기준들이 마련되지 않아서 영업사원들이 조직 내에서 성과를 내는 데 어려움을 겪는 경우가 많다. 따라서 영업관리자들은 자신의 경험을 토대로 영업사원들에게 무엇을 교육하고 훈련하며, 어떤 방법으로 그들의 역량을 평가하고 개발해서 실적을 향상시킬 것인지에 대한 명확한 그림이 있어야 한다. 이것은 단순히 그 사실을 알고 있고, 영업사원들에게 전달할 수 있다고 해서 해결되는 것은 아니다. 조직의 명확한 평가 기준을 바탕으로 영업사원들을 관찰하고, 피드백을 통해 지속적으로 개발하고 개선할 때 좋은 결과로 이어질 수 있다.

결국 영업관리자가 무엇을 평가하고 개발해야 할지 명확하게 알지 못한다면 실적 저조, 의욕 부진, 높은 이직률과 같은 문제들에 직면할 수밖에 없다. 그러나 안타깝게도 많은 영업관리자들이 실제 이러한 평가와 개발을 위한 기준이 있는지조차 모르고 있다.

가장 절박할 때 사람을 채용한다

예측하지 못한 필요에 의해 추가로 영업사원을 채용하게 되는 경우가 발생한다. 이런 상황이 발생하면 빈자리를 채우기 위해 영업관리자는 최대한 빠른 시일 내에 누군가를 채용해서 누수를 막으려 한다. 그러다 보니 절박한 심정으로 채용을 결정하게 된다. 심지어 영업사원 채용에 큰 어려움을 겪는 경우, 자질이나 경험에 상관없이 지원자의 의지만 보고 채용하기도 한다.

이로 인해 경제적 손실은 물론 다양한 문제가 야기된다.

B2C 영업 분야의 경우 단순히 영업사원의 수가 많을수록 높은 실적을 창조할 것이라는 막연한 업계의 정서나 개인적인 믿음 때문에 채용을 결정하는 경우, 한정된 지원자들 가운데서 채용하거나 심지어 대상자를 설득하는 경우까지 발생하기도 한다. 이런 경우, 구직이 절박한 사람들이나 영업에 대한 의지도 없으면서 막연히 뭔가를 해보려는 사람들을 채용할 가능성이 높다.

이런 상황이라면 최고의 영업 성과를 낼 수 있는 자질을 가진 인재를 채용할 가능성은 매우 낮다. 따라서 성급한 채용은 좋지 않은 결과를 가져오게 마련이다. 단순히 감에 의해 영업관리자의 기대에 부합할 것 같은 사람을 채용한다면 적임자를 채용했을 때와 비교해 훨씬 더 많은 대가를 지불하게 될 것이다.

개인적 취향이나 감에 의해 채용한다

어떤 일에서건 치우치지 않고 공정성을 유지한다는 것은 쉬운 일은 아니다. 객관적이어야 한다고 마음먹는 것은 쉽지만, 실제로 객관적이기는 어려운 일이다. 마찬가지로 영업관리자가 영업사원을 채용할 때 객관적 근거에 기반하지 않고 개인적인 취향에 기준을 둔다면 적임자를 채용하기는 어렵다.

면접 시 사람들은 가능한 한 자신을 포장해 면접관에게 좋은 인상을 남기려고 한다. 때로는 자신이 회사가 찾고 있는 인재라며 면접관을 설득하려고 들지도 모른다. 그 순간에 영업관리자는 자신의 감정이나 감에 의지해 진실이 무엇인지 상관없이 채용 결정을 내릴 수도 있다. 그 결과, 영업관리자는 3개월 후에 자신이 뽑은 영업사원을 내보내지 못해 고민에 빠질 수도 있다.

면접 당시 느꼈던 참신함은 온데간데없고 실망스러운 진짜 모습이 드러난 후에야 자신이 원하던 사람이 아니었음을 깨닫고 후회해 봤자 그때는 돌이킬 수가 없다. 개인적 취향이나 감에 의해 영업사원을 채용한 관리자는 그에 따른 대가를 치르게 된다.

명확한 채용 절차가 없거나 기준이 모호하다

회사에서 인재를 선발할 때 명확한 채용 절차가 없거나 채용 기준이 모호하다면 사후에 문제가 발생할 수 있다. 영업관리자들은 정상적인 선발 절차를 거쳐 채용했다고 하겠지만, 실제로 그런 회사들은 많지 않다.

명확한 채용 절차나 기준을 갖추지 못했다는 것은 매번 새로운 영업사원을 고용할 때마다 허둥거려야 한다는 것을 의미한다. 근본적으로 정의되지 않은 채용 절차는 만족스럽지 않은 결과를 초래하게 마련이다. 향후 어떤 성공적인 채용도 보장하지 못한다.

허술한 채용 절차는 많은 심각한 문제를 야기할 수 있다. 그럼에도 불구하고 많은 회사들이 허술한 채용 절차를 통해 평범한 실적만 내는 영업사원들을 반복해서 채용하고 있다.

동기부여가 되지 않는 영업사원들이 존재한다

'동기부여'는 조직 내에서 흔히 쓰는 전문 용어다. 영업팀에 이전보다 더 큰 동기부여를 해 준다면 더 좋은 결과를 기대할 수 있겠지만, 이는 쉬운 문제가 아니다. 영업사원들에게 동기를 부여하고 활력을 불어넣는다는 것은 단순히 그들을 위해 무엇을 해 준다는 것을 의미하는 것은 아니다.

동기부여가 잘 된 사람들은 기본적으로 성취감으로 충만해 있기 때문에 열정적이다. 인센티브 등으로 단기간 열심히 일하게 할 수는 있을지 모르지만, 지속적인 동기부여는 개인의 자질이 결정한다.

그렇다면 사람에 따라 동기부여 정도가 차이가 나는 이유는 무엇일까? 어떤 사람은 충분한 에너지가 없어서 동기부여가 되지 않을 수 있고, 어떤 사람은 적은 보수 때문에 그럴 수 있으며, 어떤 사람은 영업관리자와의 신뢰 관계가 원인일 수도 있고, 심지어 어떤 사람은 무엇을 해야 할지 몰라서 그럴 수도 있다. 이러한 내적인 동기부여와 관련된 부분은 면접 과정에서는 쉽게 파악되지 않는다.

영업관리자가 동기부여가 잘되어 있고 잠재적인 영업 능력을 갖춘 영업사원을 원하는 것은 당연하다. 무엇이 사람의 동기를 유발하는지 안다면 그들을 동기부여시켜 더 좋은 실적을 올리게 할 수도 있을 것이다.

이와 같은 이유들 중에서 한두 가지 혹은 몇 가지 이유는 당신에게도 익숙할지 모른다. 비록 명확히 인식하지는 못해도 당신이 직면해 있는 문제들에 관해 어느 정도 감은 잡혔을 것이다. '우리 팀에는 왜 탁월한 영업사원이 없을까?'라는 질문을 다시 하지 않으려면 먼저 '탁월한 영업사원이란 어떤 사람인가'를 명확히 인지해야 한다. 그리고 어떤 이들을 어떤 방식으로 선발할 것인지 점검해야 한다.

채용 시 반드시 고려해야 할 사항

성공 가능성이 높은 인재들을 채용한다는 것은 그 자체로도 어렵지만, 그 사람의 본성까지 파악해야 하기 때문에 더욱 어려운 것이다. 당신이 채용한 모든 영업사원들이 높은 성과를 낼 수도 있다. 그러나 어떠한 상황에서든 지속적으로 높은 실적을 내는 이들은 그리 많지 않다. 나머지는 평범하거나 그저 그런 실적을 낼 수밖에 없다. 그래도 단 한 명의 챔피언이나 몇몇 뛰어난 고실적자들과 함께할 수 있다면 당신은 영업관리자로서 오랫동안 승자가 될 수 있다.

그러나 불행히도 성공 가능성이 높은 인재를 뽑는 손쉬운 시스템 같은 것은 없다. 인사 전문가들도 일반적으로 당신이 알고 있는 것 이상의 해답은 별로 가지고 있지 않다. 경험만이 당신의 성공 확률을 높여 주고, 당신이 찾는 기준을 말해 줄 것이다.

지원자들은 어떠한 형태든 간에 자신에 관한 기록을 가지고 올 것이다. 그것이 지원자에 대해 무언가를 말해 줄 것이며, 영업관리자는 좀 더 쉽게 지원자에 대해 파악할 수 있을 것이다. 그다음은 영업관리자로서의 느낌이다. 어떤 지원자가 영업관리자의 마음에 들었다면, 고객도 마음에 들 가능성이 높다. 첫인상은 오랫동안 지속되기 때문이다. 분명한 것은 당신이 마음에 들어 하는 지원자에 대해 다른 사람의 의견에도 귀를 기울여야 한다는 점이다.

사전 준비는 성공적인 면접을 위해 반드시 필요하다. 면접에 임하는 영업관리자라면 적어도 면접 한 시간 전에는 지원서를 꼼꼼히 읽어 보아야 한다. 그리고 지원서에 나열된 정보를 바탕으로 질문을 준비해야 한다. 준비되지 않은 면접에서 얻을 수 있는 정보는 감뿐이다. 또한 가능한 한 많은 면접을 경험해 보는 것이 좋다. 이러한 경험들이 당신의 면접 능력을 향상시키고, 지원자들을 좀 더 정확히 파악할 수 있도록 해 줄 것이다.

채용 과정은 시간과 비용이 드는 과정이다. 어렵사리 비용을 들여 지원자들을 확보해 놓고 채용에 급급한 나머지 결정을 서두르다가 나중에 낭패를 보는 경우가 허다하다. 제대로 준비되지 않은 채용은 장기적으로 시간과 비용 손실의 원인이 된다. 지원자를 면접한 결과가 마음에 든다면 영업관리자 혹은 베테랑 영업사원과 하루 정도 현장 체험을 해본 후에 최종 평가를 내리는 것도 좋은 방법이 될 것이다.

다른 사람보다 뛰어나다는 것은 목표와 기대치를 뛰어넘는 것을 의미한다. 그것은 혁신적이고 근면하며, 예리하고, 섬세하며 계획을 실행하는 능력이 뛰어난 열정적인 사람이라야 가능하다. 영업에서 성공하는 것은 대단한 일이지만, 다른 사람들보다 뛰어나다는 것은 더 대단한 일이다.

다른 사람보다 뛰어난 영업사원을 확보하고 유지하기 위해서는 우선 뛰어난 인재를 선발해야만 한다. 성공한 영업관리자들은 영업사원의 기본적인 자질을 중시한다. 첫 면접 시 개개인의 성실성, 정직성, 열정, 평판, 가정환경 등을 포함한 배경 조사는 무척 중요한 정보가 된다. 이처럼 뛰어난 영업사원을 채용하기 위해서는 끊임없는 탐색이 필요하다. 그래야 뛰어난 자질을 갖춘 인재를 만날 수 있다.

CHAPTER 2

행동 유형 평가 만으로는 부족하다

　최근 젊은 세대를 중심으로 MBTI가 큰 인기를 얻고 있다. 심지어 일부 기업들이 MBTI 특정 유형을 선호한다는 채용공고가 화제가 된 적도 있다. 새로운 사람을 만나면 이름과 나이 다음으로 묻는 게 MBTI 유형이라고도 한다.

　그 밖에도 시장에는 많은 다양한 행동 유형 평가들이 존재한다. 왜 이토록 다양한 행동 유형 평가도구를 통해 사람들을 평가하려는 걸까? 행동 유형이 그만큼 중요하기 때문이다. 행동 유형은 한 개인의 겉모습이라고 할 수 있다. 행동 유형은 면접을 통해 비교적 쉽게 파악할 수 있다. 면접 시 지원자의 행동 유형은 채용을 하는데 결정적인 요소가 되기도 한다.

영업관리자가 한 지원자와 한 시간 정도 대화를 진행한 후, 그 지원자가 어떤 사람인지 어느 정도의 짐작은 할 수 있다. 문제는 그 사람을 채용한 다음 발생한다. 다음의 사례를 통해 행동 유형이나 감에 의한 면접관의 주관적인 판단이 가져다주는 문제점에 대해 알아보자.

몇 시간 동안 지원자들의 이력서들을 1차적으로 걸러 낸 뒤, 좀 더 깊이 있게 검토하고자 세 명의 지원자들을 면접한다. 면접관은 인사 담당자, 영업본부장, 영업팀장 총 세 명이다. 세 명의 지원자 모두 화려한 경력과 배경을 갖추고 있다. 지원자들을 한 명씩 개별 면접한다.

첫 번째 지원자인 A는 단정한 정장에 미소를 지으면서 들어왔다. 앉는 자세부터가 자신감과 여유가 있어 보였고, 면접관들과의 눈 맞춤도 무척 자연스러웠다. 인사 담당자가 배석한 면접관들을 소개한다. 이어서 지원자 A에게 경력 위주의 간단한 자기소개를 요청한다.

A는 자기소개서에 기록한 내용을 중심으로 영업 경력과 지원 동기를 간단히 설명한다. 영업 경력을 중심으로 면접관들의 추가 질문이 이어지고, A는 자신감 있게 자신이 얼마나 뛰어난 영업역량의 소유자인지 설명한다.

A는 최우수 영업사원으로 선발된 경력이 있다. 면접관은 자연스럽게 그때의 상황에 대해 질문했고 A는 자신이 얼마나 대단한 활약을 했는지 설명한다. 이어서 다른 면접관이 성격의 장·단점에 대해 질문하고, A는 기다렸다는 듯이 준비한 듯한 답변을 한다.

그렇게 한 시간 정도 A와 면접했고, 여러 가지 질문에도 그는 거침없이 대답했다. A는 점잖으면서도 사교적인 성격으로 보였고, 관련 분야 영업에 대한 이해와 식견 또한 대단했다. 그의 모든 반응이 만족스러웠다.

면접관들은 A가 영업을 잘할 수 있을 것이라고 확신했다. 또한 A정도라면 성격 검사 같은 것은 필요도 없다고 생각했다. 그가 이미 충분한 에너지를 가지고 있고 업무에 임할 준비가 된 사람이라고 판단했기 때문이다. 심지어 면접관들은 나머지 두 지원자에 대한 면접을 할 필요가 있을까 하는 생각까지 했었다. 그래도 혹시 모르니 다른 지원자들도 만나 보기로 했다.

두 번째 면접도 거의 비슷하게 시작됐다. 부드러운 미소와 친절한 태도, 잘 갖춰 입은 정장까지 외관상으로는 별로 흠잡을 곳이 없었다. A의 경우와 마찬가지로 면접관들이 질문하고, B는 대답하는 형식으로만 흘러갔다. B 역시 영업 경력이 있었으며, 회사에서 좋은 실적을 낼 수 있을 것이라는 자신감이 넘쳐 보였다. 그는 매우 적극적이었고 대답은 직설적이었지만, 핵심을 잘 정리해서 대답했다. 그의 이력서에는 화려한 수상 경력과 승진에 관한 이력들이 많았기 때문에 자연스럽게 그가 좋은 실적을 낼 수 있으리라 여겼다.

세 번째 지원자는 면접 시간보다 25분 일찍 도착했다. 동일하게 인사담당자가 C에게 간단한 자기소개를 요청했고, 그의 소개를 듣는 동안 C 역시 준비가 잘되어 있는 사람이라는 것을 쉽게 알 수 있었다. C 역시 면접관들의 어떤 질문에도 당황하지 않고 적극적으로 답했다. C는 면접관들이 듣고 싶어 하는 말들을 해 주었다. 자신의 최근 성과와 영업실적에 대해 이야기하며, 앞으로 어떤 일을 어떻게 할 것인지도 상세하게 설명해 주었다. 그의 열정과 적극성에 면접관인 영업 본부장은 자신의 영업팀을 자극시켜 줄 만한 사람이라고 기대했다.

세 명의 면접이 전부 끝나자 면접관들은 세 명의 지원자들 중 한 사람을 선택한다. 세 명의 지원자는 각각 행동 유형 평가를 받았다. 평가 내용을 보면 세 명 모두 면접관들이 원하던 외향적이고, 에너지를 가지고 있으며 완벽해 보였다. 세 지원자에 관한 자료를 최종 검토한 끝에 A를 채용하기로 결정했다. 면접관 모두 A가 좀 더 호감이 갔기 때문이다.

그러나 6개월이 지나자 면접관들의 큰 기대를 모았던 A는 별로 뛰어난 사람이 아님을 알게 됐다. 입사 후 A에게 회사의 표준과 제품에 관한 교육을 받게 했으며, 팀 내 최고 영업사원까지 붙여 주면서 업무에 익숙해지도록 지원해 주었다. 처음에 그는 최고 영업사원의 특징을 다 보여 줬다. 그가 제품들에 관해 교육을 받고 제출한 보고서는 무척 훌륭했다. 다른 팀원들도 그를 좋아했고, 편안하게 대화를 이끌어 가는 그의 능력을 인정해 줬다.

문제는 모두가 그를 좋아했지만, 정작 그가 실적을 별로 올리지 못했다는 것이다. 그는 대인관계가 좋고 많은 사람의 호감을 사는 사람이었지만 고객들을 잘 리드하지 못했다. 그는 기본 할당량마저도 소화하지 못했다. 영업본부장과 팀장이 믿고 채용한 사람인데 결과는 완전히 딴판이었다.

익숙한 상황이지 않은가? 면접은 매우 훌륭했다. 면접관들이 채용 절차에서 아무리 신중을 기했다고 해도 이처럼 감에 의존해 결정한 결과는 대부분 실망스러운 결과를 초래한다. 그렇다고 해서 너무 괴로워할 필요는 없다. 이런 시나리오는 우리 주위에서 항상 발생하고 있다.

이러한 문제가 발생하는 데는 두 가지 이유가 있다. 첫 번째는 대부분의 면접 상황은 지원자에게 현혹되기 쉽기 때문이다. 지원자는 면접관의 질문에 가장 좋은 모습을 보이려고 애쓰면서 대답한다. 지원자는 자신의 성과를 강조하면서 좋은 인상을 남기려고 하고, 수단과 방법을 가리지 않고 면접관의 비위를 맞추려고 한다. 무엇을 물어보든지 간에 대답은 이미 공식화되어 있고, 면접관을 설득하여 자기들을 채용하라고 할 것이다. 그리고 지원자들은 전 직장에서 좋은 실적을 올렸다고 말할 것이다. 누구도 조직이나 팀의 기대에 부응하지 못했던 경험을 말하지 않을 것이다.

지원자들은 까다로운 면접관의 눈을 피해 자신들을 포장하고, 절대 자신들의 부족함을 드러내지 않을 것이다. 그들은 할 수 있는 모든 것을 말하겠지만, 자신이 스트레스 상황을 잘 다루지 못하거나 거절 처리에 대한 일종의 트라우마 같은 치명적일 수도 있는 약점에 대해서는 전혀 언급하지 않을 것이다.

이처럼 면접은 평가에 있어서 단지 주관적인 방법일 뿐이다. 면접관은 채용 결정을 내릴 때 별다른 근거도 없이 오로지 지원자들에게서 받은 주관적인 인상으로 판단한다. 면접관에게 사람을 잘 읽어내는 타고난 재능이 있을지도 모르지만, 많은 경우에 이런 방법은 한 사람의 전반적인 능력을 평가하는 데는 적합하지 않다. 행여나 운이 좋아서 최고의 영업사원을 채용할 수는 있지만, 이는 단지 운 일뿐이다.

사람을 잘못 알아보는 두 번째 이유는 적성검사나 행동 유형 검사 결과를 전적으로 신뢰한 나머지 그것에 너무 큰 비중을 두고 결정을 내리기 때문이다. 수많은 영업사원들이 적극적이고 관계 지향적이며 목표지향적이지만, 중간 정도나 그 이하의 영업사원으로밖에 성장하지 못한다. 친절하고 외향적이며 용모가 단정하고 추진력이 있어 보이는 등의 전형적인 영업사원은 행동 유형과 적성검사 등을 통해 쉽게 알아볼 수 있다. 이러한 정보들은 영업사원 채용 시에 참고하면 유용할 수는 있지만, 이 역시 사람을 평가하는 데 한 부분으로만 활용해야 한다.

지금까지 많은 채용 결정들이 어떤 인재를 발굴하고, 지원자의 어떤 측면을 어떻게 평가해야 하는지에 관한 제한된 지식을 기반으로 이루어졌다. 마찬가지로 행동 유형검사나 적성검사와 면접만을 통하여 영업사원의 자질이나 미래의 가능성을 판단하는 데는 한계가 있다.

따라서 이 책에서는 최고 실적의 영업사원에 대한 청사진을 그리는 데 필요한 다른 평가 기준인 인지 능력, 지배 가치 및 영업 스킬 등에 대하여 다루고자 한다. 이런 평가 기준들의 조합은 향후 영업관리자를 포함한 인사 담당자, 경영진들에게 영업사원의 자질에 대한 깊이 있는 통찰을 제공해 줄 것이다.

행동 유형은 영업사원이 물건을 어떻게 파는가를 알려준다.

인지 능력은 영업사원이 물건을 팔 수 있을지를 알려준다. 그리고 지배 가치는 그가 최고의 영업사원이 될 수 있을지를 말해주며, 영업 스킬은 영업사원이 고객을 대상으로 컨설팅이나 코칭이 필요한 복잡한 영업 프로세스에 대한 이해가 가능한지를 알려준다.

이 네 가지 요소를 기준으로 지원자를 선발한다면 좀 더 성공적인 채용에 한 발짝 다가갈 수 있다. 이 네 가지 평가 기준을 잘 이해하고, 나중에 어떤 지원자가 당신의 조직에서 탁월한 영업사원이 될 가능성이 높은 사람인지 판단해 보라.

시중에는 영업사원 한 사람을 평가하는 다양한 도구들이 있지만, 이 책에서 제시한 것만큼 깊이 있게 파악 가능한 도구들은 없을 것 같다. 이 책에서 소개하는 기준들은 필자가 고객사들을 도와 영업사원들을 채용하고 육성할 때 사용하는 평가 기준들이다.

그러나 이것 또한 절대적인 것은 아니며, 100%를 보장하지도 않는다. 하지만 우리가 이미 달성한 이직률의 감소, 영업 능력 제고 및 회사 전체의 영업력 향상 등의 경험에 비추어 보면 이러한 노력은 충분히 가치가 있다.

먼저 이 네 가지 평가 기준 중에서 행동 유형에 대해 알아보자.

네 개의 행동 유형

─────

'행동 유형'은 제일 쉽게 드러나는 요소이기 때문에 여기서부터 시작하기로 하자. 이제 네 개의 서로 다른 유형이 어떤 것인지 보여줄 것이며, 최고의 영업사원으로부터 면접관이 무엇을 찾아야 하는지 알려줄 것이다.

행동 유형은 지원자를 외관을 통해 보는 것이다. 모든 사람은 다른 사람에게 어떻게 반응할 것인지를 결정하는 일정한 패턴을 가지고 있다. 행동은 집의 겉모양과 같은 것이다. 이것만 보고 면접관들은 꽤 많은 것을 발견할 수 있으나 그 집에 몇 개의 방이 있고, 배관이 얼마나 튼튼하게 되어있는지 알기는 어렵다. 튼튼한 건축물의 핵심인 내부 구성요소는 마당을 빙빙 돌면서 걸어 다닌다고 해서 보이는 것이 아니다.

우선 네 개의 행동 유형인 '실천가', '달변가', '천천히 걷는 사람', '컨트롤러'에 대한 정의로부터 시작하기로 하자. 이 네 개의 행동 유형은 서로 다르지만 각각 장점을 가지고 있다. 네 유형 모두 어느 정도 영업력은 있으나 새로운 잠재고객의 발견과 같은 상황에 직면했을 때는 유형별로 많은 차이가 있다.

실천가(Activator)

'실천가' 유형은 다른 사람들에게 지시한다. 이 유형에 속하는 사람들은 적극적이고 결과지향적이다. 이들은 결과를 원한다. 도전을 좋아하고 다른 사람들이 무엇을 해야 하는지 알려주기를 주저하지 않는다. 영업활동도 매우 직접적이다. 이들은 일종의 수완가들이다. 또한 자신이 하는 모든 일에 절박함을 가지고 있다. 따라서 항상 적극성을 보이며 바쁘게 보인다.

달변가(Talker)

'달변가' 유형들은 전형적으로 매력적이고 인간 중심적이다. 그들은 사람들과 쉽게 대화를 이끌어 갈 수 있다. 그들은 아주 정열적이고 설득력이 강하며 다른 사람들을 편하게 해준다. 이들 주위에는 항상 사람들이 있고 낯선 사람들을 편안하게 만난다. 이들은 영업관리자들이 주위에 두고 싶어 하는 부류의 사람이다. 이들은 다각적인 관계를 맺는 것을 즐기며 신분과 지위를 추구한다. 영업사원으로서 '달변가' 유형은 전형적으로 새로운 잠재고객을 만나기 위한 아이디어들을 즐긴다.

천천히 걷는 사람(Pacer)

'천천히 걷는 사람' 유형은 다른 사람들에게 편리를 도모해 주는 사람들이다. 이들은 인내심이 좋고 태평스러운 성격이다. 또한 사적인 활동이나 전문적인 활동에 집중한다. 이들은 자신의 책임을 방법론적이고 시스템적으로 이행하며, 정식으로 실행하기 전에 다른 사람들을 기다려 주는 것을 개의치 않는다. 일의 완성에 이르기까지 논리적인 절차를 따르면서 지속적으로 보완해 나가기도 한다. 이들이 배를 암초에 부딪치게 하는 일은 거의 없다. 영업사원으로써 '천천히 걷는 사람' 유형은 다른 사람들에게 결정을 내리는 시간을 충분히 준다.

컨트롤러(Controller)

'컨트롤러' 유형들은 사실에 입각한 사람들이고 아주 높은 정확성을 가지고 있다. 이들은 결정을 내리기 전에 최대한 많은 정보를 알려고 한다. 다른 유형의 사람들에 비해 말수도 적고 수줍음도 조금 타는 편이어서, 다른 사람들로 하여금 차갑고 거리감이 있다는 인상을 준다. 또한 품질 의식이 투철한 사람들이며 모든 문제에 대응할 만반의 태세를 갖춘 사람들이다. 영업사원으로서 '컨트롤러' 유형들은 디테일에 관심을 갖는다.

앞에서 살펴본 유형들을 보더라도 일관되게 고객과의 관계를 형성하고 성과를 내는 이상적인 유형은 없다. 채용 경험이 많은 영업관리자라면 아마도 네 가지 유형의 영업사원들을 거의 다 만나봤을 것이다. 이들 모두 영업사원으로 일할 수는 있으나 대체로 이러한 행동 유형이 고실적 영업사원을 만드는 절대적 요인은 아니다.

다음의 그림은 고실적 영업사원들의 행동 유형이다. 고실적 영업사원들의 행동 유형은 대체로 '실천가Activator'와 '달변가 Talker'의 조합으로 구성되어 있다.

영업을 잘하려면 아주 중요한 특성이 요구되는데 바로 에너 지이다. 이는 특히 신규 고객 발굴 시에 반드시 필요한 요소이 다. 모든 영업사원은 현장에 나가서 새로운 관계를 맺고 매일 새 로운 사업을 성사시키는데 필요한 에너지가 필요하다. 이들은실 천가+달변가의 조합의 행동 유형을 가진 영업사원, 에너지가 넘치는 사람들 이다.

고실적 영업사원들은 적당한 리스크와 변화가 있는 환경에서 더 편안함을 느낀다. 이들은 판매가 성사됐을 때 큰 성취감을 느 끼며 또한 목표를 달성하고 주목받게 될 때 보람을 느낀다. 이런

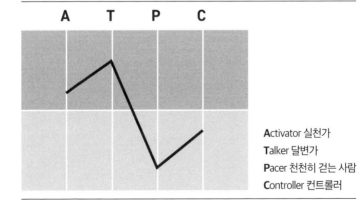

고실적 영업사원 행동 유형

Activator 실천가
Talker 달변가
Pacer 천천히 걷는 사람
Controller 컨트롤러

유형의 사람이야말로 영업관리자들이 면접 시 찾고 있는 사람인 것이다.

그러나 어려운 일은 높은 에너지를 가진 지원자를 찾아내는 것이 아니라, 이러한 행동 유형이 단지 이 사람이 어떻게 물건을 팔 것인지에 대한 정보, 즉 영업 스타일에 대해서만 알려준다는 것이다. 영업관리자나 인사 담당자가 영업사원 채용을 결정할 때 이러한 행동 유형만을 보고 결정한다면 결국 기대하는 결과는 얻기 힘들 것이다.

에너지가 충분한 사람이라 할지라도 지원자의 행동 유형은 이 지원자가 회사의 물건을 팔 수 있을지, 높은 실적을 달성할 수 있을지에 대해서는 알려주지 않기 때문이다.

집에 대한 비유를 다시 생각해 보자. 채용을 위한 판단을 단순히 한 사람의 행동 유형만 검토해 보고 한다는 것은 면접을 통하여 혹은, 행동만 가지고 평가하는 것 마치 지붕과 겉만 보고 집을 구매하는 것과 같은 일이다. 외관도 물론 의심할 여지 없이 중요한 부분이지만 어떤 기초 위에 집을 지은 것인지 아는 것도 훌륭한 선택을 위한 중요한 전제가 된다. 따라서 영업사원이 가지고 있는 행동 유형만으로 채용을 결정한다면 합격자가 우수한 실적을 나타낼 수 있을지 알기는 어렵다.

CHAPTER 3

인지 능력을 파악하라

"자신의 인지 능력에 대해 설명해 보세요."

이 말은 면접에서 면접관이 할 말은 아니다. 면접에서 지원자들이 면접관으로부터 이러한 질문을 받는다면 '대체 뭘 말하라는 거지?'라며 당황할 것이다. '인지'라는 말 자체가 사람들에게 명확하게 인식되는 단어는 아니기 때문이다.

그렇다면 인지 능력이란 무엇일까? 인지 능력이란 매우 단순한 것부터 복잡한 것에 이르기까지 모든 종류의 과업들을 수행하기 위해 필요한 뇌 기반의 기술 및 지식 획득을 의미한다. 즉, 자극을 받아들이고, 저장하고, 인출하는 일련의 정신적 과정으로 지각, 기억, 상상, 개념, 판단, 추리를 포함하여 무엇을 안다는 것을 나타내는 포괄적인 용어다.

예를 들어, 방문객이 초인종을 눌렀을 때 초인종 소리를 듣는 것은 지각 청각적 처리 과정, 문을 열어줄지 말지를 선택하는 것은 의사결정 능력, 문을 여는 것은 운동 기술과 연관되어 있다. 이러한 상황에서 활용되는 다양한 기술 및 능력들은 모두 인지 능력에 포함된 것으로 볼 수 있으며, 일상생활 속에서 인지 능력은 매 순간 활용된다.

인지 능력은 개인의 사고 체계로서 명확한 역할 인식에 영향을 미치는 매우 중요한 요소이다. 사고가 명확한 사람들은 어떤 상황에 처했을 때, 무슨 일이 진행되고 있는지를 정확히 파악해서 결론을 내린다. 또한 보통 사람들과는 완전히 다른 관점으로 사물을 관찰하는데, 이는 명확한 사고 체계를 지니고 있기 때문이다.

이들은 특정한 목표나 사건과 연관성이 있는 사물이나 일들에는 주의를 집중하고 연관성이 없는 것에 대해서는 아예 관심을 꺼 버린다. 영업 목표보다 별로 중요하지 않은 문제나 사적인 일에 더 집중하는 영업사원을 고용한 적이 있는가? 그들에게서 높은 업무 성과를 기대할 수는 없을 것이다. 인지 능력은 최고의 영업사원이 자신의 역할을 인식하고 행동하는데 결정적인 영향을 미친다.

이것을 다른 각도로 볼 수도 있다. 공기청정기를 생각해 보라.

공기청정기에는 필터가 있고, 공기는 필터를 통과한다. 필터가 깨끗할 때 시스템은 잘 가동된다. 인지 능력은 사람의 두뇌 속에 있는 필터와 같아서 사람이 사물을 얼마나 명석하게 인식할 수 있는지, 정보를 얼마나 정확하게 처리할 수 있는지, 개념들의 우선순위를 얼마나 지혜롭게 바로잡을 수 있는지에 직결된다.

필터가 깨끗할수록 공기청정기가 더 효과적으로 기능하는 것처럼 인지 능력이 잘 기능해야 더 큰 성공을 기대할 수 있다. 따라서 인지 능력이 제대로 기능하는 영업사원일수록 자신의 역할을 명확하게 인식하고 집중함으로써 좋은 성과를 거둘 가능성이 크다.

하지만 안타깝게도 개인의 인지 능력은 정신적인 형태로 존재하므로 면접을 할 때는 거의 드러나지 않는다. 그러한 이유로 훌륭한 기질은 갖추었지만 인지 능력이 빈약한 지원자들이, 면접할 때는 유능한 영업사원이 될 것 같지만 채용 후에는 관리자들의 기대를 충족시키지 못하는 것이다.

따라서 영업관리자가 인지 능력에 대해 제대로 알고 있어야 이러한 상황을 피할 수 있다. 자신은 물론이고 주위의 환경과 다양한 상황들, 대인관계 등 세상 돌아가는 일에 대해 제대로 파악하는 능력은 영업역량에도 큰 영향을 미칠 수 있다.

가령 항상 약속된 시간보다 늦는 영업사원이 있다면 그 사람은 자신의 게으른 습성이 고객의 신임을 얻지 못하는 결과로 이어진다는 데 대한 인식이 없는 것이다. 어떤 영업사원은 고객들을 상담할 때 초기에는 적극적으로 리드하지만, 상담을 마무리하는 시점에서 계약을 성사시키는 결정적인 클로징에 대해서는 자신감이 부족할 수 있다. 이처럼 개인의 인지 능력이 영업사원으로서 적합하지 않을 경우에는 실적이 그저 그런 영업사원이 될 수밖에 없다.

당신이 아는 사람들 중에 에너지는 넘치지만 항상 평균 이하의 실적만 올리는 영업사원들이 얼마나 많은지를 생각해 보라. 당신의 영업팀에는 그런 사람들이 많지 않기를 바란다. 사람들은 서로 다른 특성을 가지고 있지만, 이러한 특성들이 모두 영입직에 적합한 것은 아니다. 따라서 지원자를 채용하기 전에 먼저 그 사람의 인지 능력을 파악할 수 있다면 훨씬 나은 성과를 얻을 수 있다.

다음 두 사람 사이의 연관성을 찾아보자.

A는 항상 이런저런 시행착오를 범한다. 어떤 날은 만족시키기 어려운 고객이 문제이고, 또 어떤 날은 업무에 사사로운 감정을 끌어들이기 일쑤다. 다른 날에는 또 다른 문제들이 발생하고, 항상 그런 식이다. 영업관리자는 그에게서 항상 탄식을 들어야만 한다. 그는 자신이 직장과 가정에서 얼마나 스트레스를 받고 있는지 영업관리자에게

털어놓는다. 영업이 잘 안되는 원인을 스트레스 탓으로 돌린다. 그러면 당신은 끊임없이 그에게 긴장을 풀고 너무 신경 쓰지 말라고 충고해 준다. 그러나 그다음 날 혹은 다음 주에 또다시 다른 일이 발생한다. 이런 일들은 영업관리자의 신경을 상당히 건드릴 뿐 아니라 다른 직원들까지도 피곤하게 한다. A는 스트레스에 대한 아무런 대책이 없으며, 영업관리자는 그를 어떻게 처리해야 할지 골머리를 앓고 있다.

A는 인지 구조상 스트레스 통제 불능의 문제를 가지고 있다. 그가 겪는 업무와 생활에서의 신경질과 걱정은 그가 영업에서 절대 성공할 수 없는 원인이 된다. A는 스트레스가 보다 나은 성과를 내는 데 있어서 걸림돌이라고 생각한다. 반면에 스트레스 처리 능력이 없다는 것을 인식하지 못하고 있다. 어쨌든 중요한 것은 A를 그대로 놔두면 당신의 영업팀에 무능한 영업사원이 계속 존재하게 된다는 사실이다.

B는 보통 사람보다 두 배의 에너지를 가지고 있다. 그는 항상 준비되어 있다. 전화 영업을 하거나 잠재고객을 방문하여 그들에게 제품 정보를 제공한다. 영업관리자는 그의 노력에 뭐라고 할 말이 없지만, 그의 월별 성과를 보

면 노력의 흔적을 찾을 수가 없다. B는 하루 종일 열심히 뛰면서 최선을 다하지만 얻는 것은 별로 없다. 원인 분석을 하자면, 그는 항상 구매 의지가 없는 잠재고객을 쫓아다니기 때문이다. 문제는 자신이 어디서 문제가 비롯되는지조차 보지 못한다는 점이다.

B는 아무리 끈기와 영업 스킬을 발휘해도 구매할 의향이 없는 잠재고객들에게는 이런 노력이 소용이 없다는 것을 인식하지 못한다. 그로 인해 그는 적절치 않은 목표를 향해 많은 시간을 낭비한다. 그는 잠재고객들이 자신의 열정에 감동해 제품을 구매할 것이라고 믿을 수도 있다. 그러나 불행히도 고객들은 그렇지 않을 것이며, 그는 영원히 도달할 수 없는 목표를 향해 계속해서 달려갈 것이다.

당신은 혹시 B와 같은 방식으로 도달할 수 없는 성과를 향해 효과가 없는 방식으로 일을 하는 영업사원들과 함께하고 있지는 않은가? 영업관리자에게는 "이 고객은 아니군요"라고 말할 수 있는 프로 영업사원이 필요하다.

당신은 이와 유사한 부류의 영업사원들과 오랫동안 고생하고 있을지도 모른다. 면접 당시에 당신이 했던 질문과 그들이 했던 대답만으로는 이후에 이들이 이런 식으로 나올 것이라는 사실을 전혀 예측할 수가 없다. 그리고 당신이 지원자에게 스트레스를 어떻게 관리하느냐고 물어본다 한들 정직한 대답을 듣기는 어렵다. 자신이 스트레스를 처리할 능력이 없다고 대답할 사람은 없을 것이기 때문이다.

지원자들은 응대하기 어려운 고객을 상대할 때조차 얼마나 지혜롭고 성실하게 대처할 것인지에 대해 성심껏 설명할 것이며, 면접관은 감동받지 않을 수 없을 것이다. 그러나 필자가 앞에서도 언급했듯이 인지 능력은 영업사원이 역량을 발휘하는 데 중요한 역할을 하며, 이러한 명석한 사고능력은 영업사원의 채용과 개발에 있어서 필수다.

A나 B와 같은 영업사원들이 채용된 이유는 그들이 영업관리자의 마음속에 있는 최고 영업사원의 이미지와 일치했기 때문이다. 그들의 프로파일은 완벽했을 것이다. 겉으로 보기에 그들은 적극성과 추진력 그리고 야망이 넘치는 듯 보였지만, 그 내면을 들여다보았을 때는 완전히 다른 사람이었던 것이다. 마치 낡은 배선을 감춘 새집과 같은 것이다.

당신은 새집처럼 보이는 그 집의 현관문을 열기 전까지, 집 안 구석구석을 꼼꼼히 살피기 전까지는 그 집이 바로 당신이 찾고 있던 집이라고 생각했을지도 모른다. 당신이 만약 집 안을 꼼꼼하게 살피지 않은 채로 덜컥 그 집을 계약한다면 나중에 난방시설이나 구조물이 부실하다고 땅을 치고 후회해 봤자 소용이 없을 것이다. 그렇다면 왜 영업관리자들은 지원자의 인지 능력을 좀 더 세밀하게 파악해 보지도 않고 채용하는 것일까?

'그가 일을 제대로 할 수 있을까?' 이 문제는 영업관리자들이 영업사원을 채용할 때 머릿속에서 맴도는 가장 큰 질문이다. 지원자들의 인지 능력을 파악하는 것은 당신이 좋은 인상을 받았던 지원자의 내면에 대해서 좀 더 정확하게 알게 됨을 뜻한다.

필자는 지원자들의 프로필에 담긴 많은 인지 능력들이 장차 성공적인 영업사원이 되는 데 무척 중요한 지표 역할을 한다는 것을 발견했다. 그것은 바로 '스스로 시작하는 능력', '목표지향적', '결과 지향적', '개인적 책임감', '스트레스를 다루는 능력', '거절을 다루는 능력'이다. 이 외에도 30여가지 것들이 더 있으나, 이 책의 목적에 비추어 여기서는 이 여섯 가지 요인만 다루어 보겠다.

| 01 | 스스로 시작하는 능력

스스로 시작하는 능력은 외부의 어떤 자극이 없이도 자신의 목표를 달성하기 위하여 에너지를 쏟아붓는 능력을 말한다. 당신은 매일 채찍을 들어야만 움직이는 영업사원들과 일해 본 적이 있는가? 아이러니하게도 영업관리자들은 에너지가 넘쳐 보이는 지원자들을 채용하면서 그들이 스스로 시작하는 능력이 있다고 믿지만, 많은 이들이 그렇지 못하다. 에너지 수준과 스스로 시작하는 능력은 같은 것이 아니다. 전자는 행동 유형에너지 수준이고, 후자는 인지 능력스스로 시작하는 능력이다. 당신은 이들 중 한 가지만 보유한 영업사원을 얻을 수는 있다. 하지만 영업사원들이 새로운 시장을 개척하고 고객을 확보해야 한다면 이 두 가지를 모두 갖춘 영업사원을 채용해야만 한다.

| 02 | 목표지향성

고실적 영업사원들은 그들이 어디로 가고 있는지 알고 있다. 그들은 목표를 달성하기 위해 전략적 사고를 발휘하여 스스로 행동 계획을 세우고 그것을 실행으로 옮긴다. 목표지향적인 사람들은 목표를 향해 전진하는 도중 어떤 장애가 나타나더라도 그것을 극복하고 목표에 집중한다. 목표에 집중하는 능력이 없다면 상황을 복잡하게 만들 뿐이다. 이러한 성향이 약한 영업사원들은 목표를 세워 줘야만 목표에 집중할 수 있다. 이럴 경우 영업관리자는 엄청난 시간과 에너지를 소모해야 한다. 따라서 관리자들은 자신의 간섭 없이도 목표를 잘 이해하고 그것을 향해 추진력을 발휘할 수 있는 영업사원을 곁에 두어야 한다.

| 03 | 결과 지향성

고실적 영업사원들은 마무리를 잘할 줄 아는 인지 능력을 가지고 있다. 이들은 얻고자 하는 결과를 위해 필요한 행동들을 할 수 있는 능력자들이다. 자신이 목표로 하는 것에 도달하거나 원하는 결과를 얻기 위해 어떻게 하는 것이 가장 효율적이고 적합한 방법인지를 아는 이들은 경쟁자들보다 앞선다. 이러한 성향이 약한 영업사원들은 수

많은 판매 기회를 잃게 된다. 왜냐하면 그들은 결과를 얻기 위해 필요한 구성요소들에 초점을 두지 않기 때문이다.

| 04 | 책임감

개인적 책임감은 자신의 결정과 행동에 책임지는 능력으로서, 영업사원의 경우에는 자신의 초라한 실적의 책임을 다른 사람에게 전가하지 않는 것을 말한다. 영업관리자들이 이 문제로 괴로워한다. 탁월한 영업사원은 개인적 책임감을 느끼는 사람으로서, 실수를 했더라도 주도적으로 실수를 인정하고 다음에는 똑같은 실수를 절대 범하지 않는다.

| 05 | 스트레스 다루기

고실적 영업사원들은 개인 생활이 그들의 직업 생활의 희생양이 되지 않도록 조정할 줄 안다. 적당하게 내적인 긴장을 풀고 스트레스를 다룰 줄 아는 능력을 갖추는 것은 직업적인 성공은 물론이고 인생에 있어서도 매우 중요한 속성이다. 일상에서 무슨 일이 발생하든 그것을 이겨내지 못하면 스트레스는 계속 쌓일 것이고 실적에 좋지 않은 영향을 주게 된다.

| 06 | 거절 다루기

고실적 영업사원들은 고객으로부터 거절을 당하더라도 아무렇지도 않은 듯 자연스럽게 전화기를 들고 다른 고객에게 전화한다. 그들은 거절을 개인적인 모욕이라고 생각하지 않고 마음속에 쌓아두지 않는다. 어떤 고객들은 무척 퉁명스럽고 무례하며 물건을 아예 거들떠보지도 않기 때문에 기분이 나쁠 수도 있다. 그러나 고실적 영업사원들은 거절을 잘 다룰 수 있기 때문에 계획된 프로세스대로 업무를 추진한다.

CHAPTER 4

지배 가치를 파악하라

앞에서 당신은 행동 유형과 인지 능력이 어떻게 영업사원들이 업무를 수행할지를 판단하는 데 아주 중요한 역할을 한다는 것을 배웠다. 이 장에서는 개인의 지배 가치가 업무수행에 어떻게 영향을 미치는지 살펴볼 것이다.

'지배 가치'란 자신의 삶 속에서 우선순위가 높다고 믿는 가치로서, 지배 가치에 따라 행동하고 살아갈 때 사람은 만족도가 높아지고 자신이 목표한 삶을 살 수 있다.

우리가 의식적으로 인식하든 안 하든 우리는 우리의 행동에 지대한 영향을 미치는 내면을 지니고 있다. 사람은 누구나 내면 깊은 곳에 기본적인 가치와 사상을 간직하고 있다. 이는 그 사람의 삶의 태도에 영향을 미친다.

사람들은 자신이 가치 있다고 여기는 것에 근거해서 행동한다. 따라서 어떤 일을 결정하거나 선택할 때 역시 지배 가치를 기준 삼아 결정을 내린다. 만약 어떤 영업사원이 영업활동에 관한 적합한 지배 가치를 가지고 있지 않다면 당신은 그를 변화시키기 위한 아무런 조치도 취할 수 없다. 지배 가치는 지원자가 직업 활동을 시작하기 전부터 형성되어 온 것으로, 인지 능력과 더불어 그 사람이 영업사원으로서 적임자인지 판단하는 데 도움을 준다.

여기서 우리가 살펴보았던 집으로 다시 돌아가 보자. 만약 행동 유형을 외벽과 지붕이라 하고, 인지 능력을 배선이라고 한다면 지배 가치는 기반이라고 할 수 있다. 튼튼한 기초 공사 없이 비바람을 견뎌 낼 집은 없다. 지배 가치는 집의 기반이며, 그 집이 정상적으로 기능하도록 해 준다. 따라서 탁월한 영업사원이 되기 위해서는 건강하고 기능적인 지배 가치를 갖춰야 한다.

면접관의 입장에서 보면 한 지원자의 지배 가치를 파악하기란 쉽지 않다. 그럼에도 불구하고 평범한 영업사원과 고실적 영업사원의 지배 가치는 차이가 난다. 고실적자들을 움직이게 하는 지배 가치가 무엇인지 안다면 지원자가 앞으로 어떤 유형의 영업사원이 될지도 알 수 있다.

면접에서 지원자는 최선을 다하여 자신이 최고의 영업사원들에게 필요한 지배 가치를 지닌 사람임을 강조할 수도 있다. 물론 그것이 솔직한 모습일 수도 있지만, 꾸며진 것일 수도 있음을 간과해서는 안 된다. 따라서 좀 더 정교하게 지배 가치를 파악하려는 노력이 필요하다.

지원자의 지배 가치를 평가하는 목적은 그가 영업사원으로서 적임자인지 여부와 그를 육성해서 고실적 영업사원을 만들 수 있을지를 판단하기 위한 것이다. 이 책에서는 영업 분야 지원자들에게서 흔히 볼 수 있는 여섯 개의 서로 다른 이론적·경제적·사회적·정치적·규칙적·심미적 가치에 대해 다룬다.

이론적 가치 : 이론적 가치는 한 사람의 지식에 대한 열정과 욕망이다. 이 가치의 가장 주요한 목적은 편리를 위하여 지식을 시스템화하는 것이다. 강한 이론적 가치를 갖춘 영업사원은 자신의 고객에 관한 풍부한 지식과 정보를 가지고 있다고 자부한다. 그들은 진실을 논리적인 방법을 통하여 발견하려고 한다. 그들에게 있어서 정체성과 차이점을 이해하는 것은 아주 중요한 것이다. 예를 들어 대학교수들은 전형적으로 높은 이론적 가치를 가지고 있다. 그들은 학생들에게 새로운 지식을 제공하는 데 동기를 부여받으며 만족감을 학생들의 이해와 학문을 접수하는 데서 얻게 된다.

경제적 가치 : 경제적인 가치는 재무적인 수입과 생각의 실용성이다.

이런 유형의 사람들은 어떻게 돈을 벌고, 쓰고, 분배되는지에 대한 생각을 많이 한다. 강한 경제적 가치를 가지고 있는 영업사원들은 재정적인 수입을 얻기 위하여 실용적인 접근을 시도한다. 그들은 시간, 에너지, 자원 등에 대한 투자 대비 이익을 어떻게 극대화시킬 것인지 고려한다. 주식 브로커들은 전형적으로 높은 경제적 가치를 가지고 있고, 고실적 영업사원들도 그렇다. 경제적 가치는 영업사원으로 하여금 더 많은 소득을 올리기 위하여 지속적으로 새로운 기회를 찾게 한다.

심미적 가치 : 심미적 가치는 형식과 조화에 대한 욕망이다. 이는 한 사람이 꼭 예술적이고 창의적이라는 의미는 아니다. 이는 그들이 균형 잡힌 생활의 시각을 찾아내고 즐긴다는 의미이다. 강한 심미적 가치를 가지고 있는 영업사원들은 아름다운 시각을 즐긴다. 건축가, 예술가 그리고 자연을 사랑하는 사람들은 높은 심미적 가치를 가지고 있다. 그들은 디자인과 구조물들을 찾아내고 완성 시키기 좋아하며 경험하기 좋아한다.

사회적 가치 : 사회적 가치는 자신이 손해를 볼 것을 뻔히 알면서도 자신을 다른 사람들에게 헌신하려는 욕망이다. 인간관계를 아주 소중히 여기며 '친절'과 '동정'을 항상 강조한다. 강한 사회적 가치를 가지고 있는 영업사원들은 자기와 제일 연관되어 있어 보이는 개인들을 찾아낸다. 마하트마 간디와 테레사 수녀는 높은 사회적 가치를 가지

고 있었을 것이다. 이들은 자기 주위의 사람들을 위해 봉사했고, 오랜 시간 동안 다른 사람을 위해 봉사함으로써 자신들의 존재를 더 빛나게 했다.

정치적 가치 : 정치적 가치는 권력에 대한 욕망이다. 경쟁과 리스크는 극복해야 할 도전으로 본다. 삶을 극복해야 할 장애물로 보는 것이 아니라 경험해야 할 신비로 보는 사람들이다. 강한 정치적 가치를 가지고 있는 영업사원들은 지배하고 영향력을 발휘하기를 좋아하며, 다른 사람들이 자신이 얼마나 성공한 사람인지 알아주기를 원한다. CEO들은 일반적으로 높은 정치적 가치를 가지고 있다. 그들은 회사의 최고 위치까지 올라간다. 왜냐하면 그들의 지배욕은 바로 그들의 영향력을 행사하면서 조직에서 리더가 되어 조직을 이끌어가는 것이기 때문이다.

규칙적 가치 : 규칙적 가치는 규칙에 대한 욕망이다. 질서와 전통을 열심히 찾는다. 이런 유형의 사람들은 생활에서 안정된 시스템을 요구한다. 규정과 원칙은 그들에게 아주 깊은 의미이다. 강한 규칙적 가치를 가지고 있는 영업사원들은 권위가 서고 존경받는 환경에서 제일 편안함을 느낀다. 일반적으로 군대 문화는 높은 규칙적 가치를 가지고 있다. 그들은 그들의 문화를 존중하고 전통을 존경하는 방식으로 행동할 것을 요구한다.

필자의 연구에 의하면 탁월한 실적을 내는 영업사원들은 대부분 '경제적 가치'와 '정치적 가치'가 아주 높게 나타난다. C社 환경가전렌탈 영업 분야에 종사하는 영업사원들을 대상으로 한 조사에 의하면, 고실적 영업사원 중 70%가 소득을 자신들이 동기부여를 받게 되는 원인 중에서 제1위에 놓았다. 고실적 영업사원들의 지배 가치는 다음 그림과 같이 나타났다.

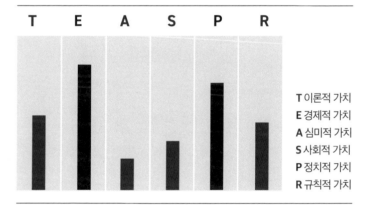

고실적 영업사원들의 지배 가치

T 이론적 가치
E 경제적 가치
A 심미적 가치
S 사회적 가치
P 정치적 가치
R 규칙적 가치

영업사원들은 커미션 기반의 보상을 받는 경우가 많기 때문에 돈에 의해 동기부여가 되는 것은 당연한 일이다. 그러나 금전적 보상으로만 동기부여가 되는 영업사원들만 있는 것은 아니다. 판매 할당량을 채우지 못한 영업사원을 위해 보너스나 월급

인상까지 해줘 가며 당근으로 자극해 봐도 별 소용이 없는 영업
사원이 있다.

금전적 보상에 의해서 동기부여가 되지 않은 영업사원들은
고액의 보상에도 높은 실적을 달성하기 어렵다. 그렇다고 해서
이들이 돈을 원하지 않는다는 말은 아니다. 이는 단지 그들이 돈
보다 자신들의 생활 속에서 더욱 지배적인 다른 것에 더 큰 가치
를 부여하기 때문에 그렇다.

두 번째로 큰 영향을 미치는 가치는 정치적 가치다. 고실적 영
업사원들은 자신들의 운명에 대하여 책임지고 결과를 예견하기
를 원한다. 이들은 자신이 타인에게 미치는 영향력과 중요한 존
재로 인식되고 싶은 욕망에 의해 동기가 부여되는 사람들이다.
또한 명예와 지위 그리고 권력을 얻기 위한 방법을 추구하는 사
람들이다. 이들은 최선을 다하며 심지어 자율성이 보장되는 곳
에서 일을 잘 해낸다. 영업관리자의 지나친 관심은 이들을 지치
게 하거나 달아나게 한다.

이에 반해서 높은 정치적인 가치를 가지고 있지 않은 영업사
원들은 대체로 자기들이 해야 할 일들에 대해서 다른 사람들의
눈치를 본다. 이들은 스스로 해결방안을 탐색해 내는 것보다 다
른 사람들의 지시를 받기를 원한다.

다른 유형의 가치를 더 크게 생각하는 영업사원들이라고 해
서 물건을 팔 수 없는 것은 아니다. 이들도 팔 수는 있다. 하지만

영업관리자의 기대에 지속적으로 부응할 가능성은 낮다. 이들은 최선을 다하지 않는다.

결론적으로 고실적 영업사원들은 동기부여 원천인 경제적인 가치와 정치적인 가치라는 주춧돌에 기반을 두고 집을 세우며 이런 것들이 이들로 하여금 기록을 깨뜨리고 상을 받도록 움직이게 해 주는 것이다.

다음은 영업 현장에서 흔히 접할 수 있는 경제적 가치가 낮은 영업사원들의 사례이다.

첫 번째 사례는 '뜨내기 형 영업사원'들이다. 이들은 마음이 딴 곳에 가 있기 때문에 비교적 짧은 시간 동안만 영업을 하다가 쉽게 이직해 버리는 사람들이다. 이들은 영업직에서 만족을 얻지 못하며 심지어 자신의 지배 가치가 무엇인지를 모르는 경우도 많다.

두 번째 사례는 '땡땡이 형 영업사원'들이다. 이들은 아침 9시 10분에 나타나서는 커피를 마시고 담배도 피울 만큼 여유로우며, 점심 식사 시간을 초과하며 사무실에서 빈둥거리거나 회의실에 아예 숨어버리고는 매일 일찍 퇴근한다. 이들의 행동을 보면 영업을 잘해야겠다는 의지가 전혀 없어 보인다.

당신의 팀에도 이런 영업사원이 있을 것이다. 이처럼 개인의 지배 가치는 사람을 움직이게 하는 동력이다. 최고의 영업사원을 채용해야 하는 영업관리자는 새로운 고객을 발굴하고 끊임없이 고객들을 쫓아다니면서 목표를 달성하는 영업사원들을 원할 것이다. 당신이 채용하고자 하는 영업사원의 지배 가치가 이 책에서 제시하는 고실적 영업사원의 지배 가치와 일치하지 않는다면 그가 훌륭한 실적을 낼 가능성은 매우 낮다.

사람의 지배 가치는 교육이나 훈련을 받아서 형성되는 것이 아니다. 이런 요소들은 사람들의 성장 단계에서 이미 뇌 속에 자리 잡고 있기 때문에 그 어떤 회사 매뉴얼이나 전문적인 교육을 통해서도 바꿀 수 없는 것이다. 물론 이들이 차차 무엇이 그들로 하여금 행동하게 하는지 원인을 이해하게 할 수는 있다.

자신의 지배 가치에 대한 명확한 인식은 자신에게 적합한 직업선택을 함에 있어서 가장 기본이 되는 것이다. 이미 형성된 지배 가치는 바꾸기 어렵다. 이미 그렇게 형성된 것이고 적합하지 않은 지배 가치를 바꾼다는 것은 거의 불가능한 일이다. 지배 가치는 인지 능력과 연결되어 행동에 힘을 불어 넣어주는 엔진이다. 항공모함은 작은 엔진으로 멀리 항해할 수 없다. 항공모함처럼 보일 수는 있어도 항구를 벗어나지 못한다면 이는 무용지물이 돼버리는 것이다.

이런 것들이 바로 지배 가치의 갈등을 겪고 있으면서 실적을 전혀 올리지 못하는 영업사원들에게서 발생하는 일들이다. 이들은 고실적 영업사원을 결정해 주는 결정적인 가치만 빼놓고 다른 모든 가치들은 이미 다 가지고 있을 수도 있다. 다른 네 개의 가치인 '이론적', '심미적', '사회적', '규칙적' 가치들 역시 회사에 도움이 되는 가치들이다.

영업사원의 내적인 지배 가치는 정확히 그들이 영업실적을 통해 받는 보상과 일치한다. 영업 분야 지원자들의 지배 가치는 그들의 활동과 성과에 밀접한 영향을 준다.

다음 사례를 통해 지배 가치가 미치는 영향에 대해 살펴보자.

K는 최고의 서비스를 판매하는 전문가였다. 그의 행동 특성은 전형적인 '달변가형'이었으며, 성격이 무척 따뜻하고 친절하며, 다른 사람들의 말을 잘 들어 주는 인간 중심적이고 관계 지향적인 사람이었다. 고객들은 그를 매우 좋아했다. 고객들이 그를 좋아하는 이유는 항상 최선을 다해 도와주기 때문이다.

그는 또한 아주 높은 사회적 가치를 가지고 있었는데, 이는 그가 높은 수준의 동정심과 공감 능력을 지니고 있으며, 그의 고객들에게 감정적으로 깊이 있게 다가간다는 것을 의미했다. 그런데 아이러니하게도 그는 강한 동정심 때문에 자신이 하는 모든 영업에서 제대로 된 대가를 받지 못하고 있었다.

그는 고객들에게 기본적인 서비스 패키지만 판매할 뿐 추가적인 서비스에 대해 고객에게 대가를 받는다는 것에는 내적인 갈등을 느꼈다. 그는 회사의 수익을 두세 배로 올릴 수도 있었지만, 그럴 마음이 없었다. 안타깝게도 회사는 그로 인해 많은 손해를 봤다.

얼마 후 불행인지 다행인지 몰라도 그는 영업을 아예 그만둬 버렸다. 그는 좀 더 개인 생활을 즐길 수 있는 월급이 낮은 직장을 찾아갔다. 그리고 새롭게 얻은 여유 시간을 자선사업에 바쳤다. 물론 그렇게 하는 것이 틀린 것은 아니지만, 분명한 것은 그는 영업에 적합하지 않는 사람이었다. 영업을 하면서 심한 가치 갈등을 느꼈기 때문이다. 도움이 필요한 사람들을 도와주는 것은 그에게 있어서 당연하고 중요한 일이기 때문에 추가적인 서비스의 대가를 요구한다는 것이 쉽게 용납되지 않았던 것이다.

또한 그에게서는 돈을 추구하거나 영향력을 행사하고자 하는 엔진 같은 것은 찾아볼 수 없었다. 회사가 추가적인 서비스를 제공하는 것은 매출을 더 올리기 위한 전략이었다. 그러나 다른 이들을 도와주려는 개인적인 욕구 때문에 그는 부가 서비스를 무상으로 제공하기만 했다. 결국 그는 좋은 실적을 내지 못했다.

돌이켜보면 K는 면접 시 면접관에게 무척 기억에 남는 인상을 안겨 줬다. 그는 면접 시 면접관의 질문에 무척 훌륭하게 대답했고 재치도 있었다. 여느 때처럼 그는 자신의 성격적 장점과 이전의 판매 경험 때문에 회사에 채용될 수 있었지만, 결국 자신의 내적인 지배 가치와 업무에서 필요한 가치 사이의 갈등으로 인해 좋은 실적을 올리지는 못했다.

혹시 당신의 팀에는 K와 같은 영업사원이 있었다면, 아쉽게도 당신이 면접 시 봤던 지원자의 모습이 실제와는 다른 것이기에 이런 일들이 발생할 수밖에 없다.

결론은, 지원자가 돈을 벌거나 영향력을 행사하려는 강한 욕망이 없다면 우리의 경험상 대부분의 경우 고실적 영업사원이 될 수 없었다는 것이다. 그를 행동하게 하는 지배 가치가 신규 시장 발굴과 영업이라는 포지션이 필요로 하는 가치와 일치하지 않기 때문이다. 당신이 채용을 결정하기에 앞서 이 점을 고려한다면 앞으로 채용과 관련해 겪게 될 실패를 어느 정도는 피할 수 있을 것이다.

자, 이제 이 복잡한 주제인 인지 능력과 지배 가치를 넘어 당신이 훨씬 더 익숙할 영업 스킬에 대해 살펴보자.

CHAPTER 5

영업 스킬보다 어떤 사람인가가 중요하다

필자는 영업관리자들이 영업 스킬지원자들의 영업 프로세스에 대한 지식 및 **영업 스킬**을 아주 중요시하며 영업사원 채용에 있어서 영업사원 역량의 중요한 근거로 삼는 것을 오랫동안 보아 왔다. 어떤 면에서 보면 영업관리자들이 영업 프로세스에 대한 이해와 영업 스킬이 없는 사람을 채용하지 않는 것은 당연한 일일지도 모른다.

면접 과정에서 영업 스킬에 대한 이해가 없는 지원자는 채용되기 힘들다. 영업 스킬이 중요하다는 점에 대해서는 필자들도 동의한다. 영업 스킬이 영업활동을 수행하는 데 있어서 중요하다는 것은 의심의 여지가 없다. 영업 스킬이 좋은 영업사원들이 있다면 당연히 그 영업팀에 큰 힘 될 것이다.

그러나 고실적 영업사원이 갖추어야 할 역량에는 영업 스킬보다 더 중요한 것이 있다. 앞서 살펴본 '행동 유형', '인지 능력', '지배 가치'이다. 영업 스킬은 교육을 통해 습득이 가능하고 채용하고 난 후 부족하더라도 영업관리자가 받게 되는 충격도 제일 적기 때문다.

"영업성과는 그 사람이 어떤 사람인가에 의해 결정되는 것이지 그 사람의 지식이나 스킬에 의해 결정되는 것은 아니다."

다시 말하면, 훌륭한 영업 스킬을 갖추었지만 영업사원으로서의 역할을 수행하는 데 있어서 행동 유형, 인지 능력, 지배 가치의 충돌이 있는 업계의 베테랑보다는, 고실적 영업사원의 자질을 가진 신입사원을 데려다 그에게 영업 스킬을 가르치는 것이 가능성이 훨씬 높다는 것이다. 영업 스킬은 가르칠 수는 있어도 교육을 통해 한 사람을 원래 모습과 다른 모습으로 변화시킬 수는 없다.

그리고 많은 영업관리자들이 행동 유형과 영업 스킬의 틀 안에 갇혀있다. 이 두 가지는 영업관리자나 인사 담당자들이 영업사원을 모집할 때 흔히 평가하는 기준이다. 행동 특성은 앞에서 서술했던 바와 같이 눈으로 확인할 수 있는 표면적인 것이다.

행동 유형이나 영업 스킬은 면접을 통하여 어느 정도 정확하게 파악할 수 있다. 그러나 이것만으로는 부족하다. 이력서에 직급과 수상 경력을 적은 경험 있는 영업사원이라고 해도 그가 복잡한 판매 프로세스에 대해 이해를 했다거나, 혹은 당신의 회사에서도 같은 역량을 발휘할 거라고 장담을 할 수는 없기 때문이다.

당신이 최고라고 생각하고 채용했던 영업사원들이 당신의 회사에서 성과가 좋지 않은 경우가 많이 있었을 것이다. 따라서 영업 경험이 없었던 지원자라고 해서 면접도 보기 전에 배재 시켜서는 안 된다. 중요한 것은 그가 어떤 사람이고, 얼마나 노력하고 있으며, 그의 지배 가치가 무엇인가에 달렸다.

영업사원으로서 적절한 지원자를 제대로 골라내는 일을 잘할수록 고실적 영업사원을 발굴할 확률이 높아진다. 영업직 지원자와의 면접 과정에서 그가 판매 노하우에 대해 알고 있는지가 궁금할 것이다. 그리고 그 지원자가 복잡한 영업 프로세스에 대해 이해할 수 있는 지식 기반을 갖추고 있는지에 대해서도 알고 싶을 것이다.

성격 테스트를 진행하여 누구와 더 심층 면접을 진행할지 판단할 수도 있다. 별다른 문제가 없을 경우 고실적 영업사원들의 행동 특성인 실행력, 인간관계, 열정 등을 갖춘 지원자들에게 신경을 써둬야 한다.

영업관리자들은 보통 이전 근무 경력과 관련된 질문을 통하여 영업 스킬과 관련된 지식을 판단한다. 예를 들면 "전 직장에서의 경력에 대해 얘기해 보세요"라고 말하면 지원자는 바로 질문에 대한 대답을 해줄 것이다. 그러면 이런 방식으로 지원자가 영업 스킬에 대해 알고 있는지 여부를 정확하게 판단할 수 있을까? 그렇지는 않다. 면접관의 물음에 대한 지원자의 대답은 상황에 따라 과장되기도 한다. 따라서 면접관이 지원자가 말하는 고객들의 이름에 매혹되거나 혹은 그 고객과 관련되어 진행되었던 영업방식에 대해 깊은 인상을 받을지도 모른다.

그러나 문제는 역시 그 사람이 판매 노하우에 대해 얼마만큼 알고 있는지를 파악할 수 있는 정확한 척도를 면접관이 가지고 있지 않다는 데 있다. 심층적으로 파악하지 않은 상황에서 면접관은 단지 그 지원자가 그 정도의 경험이면 영업 스킬에 대한 어느 정도의 지식을 갖췄을 것이라고 단언한다. 이는 문제가 될 가능성이 크다.

판매 시 필요한 영업 스킬 중의 대부분은 상식적인 것이다. 이를테면, 판매 경험이 매우 적은 신참들도 본능적으로 제품 혹은 서비스에 관한 모든 정보를 잠재고객에게 알려주고 난 후에 자연스러운 클로징판매 마감이 필요하다는 걸 알고 있다. 만일 영업사원이 클로징 할 때 어떻게 해야 하는지를 모를 경우 문제가 발생하게 된다.

영업사원 채용 여부를 결정지을 때 지원자들이 면접관에게 알려준 내용만을 기초로 한다면 아주 실망스러운 결과를 얻을 것이다. 전형적인 예를 들면 다음과 같다.

영업관리자는 영업사원이 회사를 떠나면 그 빈자리를 채우기 위해 조급해 할 것이다. 따라서 영업관리자는 채용 의사가 있고 반면에 모든 지원자들은 합격되고 싶은 마음이 간절할 것이다. 앞서 말했듯이, 면접 시에 지원자는 항상 달콤한 말로 둘러댄다. 당신이 그들이 판매에 대해 얼마만큼 알고 있는지 알아보려고 예전 경력에 대해 물으면 대다수의 경우 당신이 듣고 싶어 하는 대답에 맞춰 얘기를 하려는 경향이 있다.

기억하라! 당신은 빈자리를 가급적이면 빨리 채워 넣어야 하는 입장이고 지원자도 자신이 그 일자리에 적임자라는 것을 증명할 기회가 단 한 번뿐이라는 것을 알고 있다. 지원자가 자신이 전 직장에서는 고실적 영업사원이었다고 말한다면 아주 인상적일 것이다.

지원자에게 영업 스킬에 관한 질문을 많이 할수록 채용 결과는 더 좋다. 그러나 이는 단순한 질문과 답변의 문제에서만 그치는 것이 아니라 여전히 면접 받는 사람과 면접관의 입장에서 비롯된 주관성의 문제다. 지원자는 보통 자신의 반응을 좋은 방향으로 이끌고 나가려는 경향이 있다.

다음 사례를 통해 영업사원 지원자가 직장 경력과 면접을 통해 영업직에 완벽한 적임자로 보인 경우와 직장 경력의 부족으로 인해 낙방한 경우를 살펴보도록 하자. 두 시나리오는 영업 스킬 수준을 잘못 판단할 때 어떤 결과를 초래하는지 보여준다.

S는 아주 인상적인 이력을 가지고 있다. 그는 A회사에서 10년간 일해왔고 최근 회사 인수합병 때문에 직장을 정리하게 됐다. 영업본부장인 K는 그의 지원서를 검토하고 면접하기로 결정했다. 그는 날카로운 시선으로 지원자를 본다. K는 면접 시 지원자의 편안한 모습에 깊은 인상을 받았다. 사실상 10분이 지나서부터 그는 자신이 지원자에게 호감이 있다는 것을 알게 된다. S는 품위가 있는 사람이었고 K는 S가 작년에 '올해의 영업사원' 수상 경력이 있는 것을 보고 이에 관한 질문부터 시작했다.

S는 자신이 2년간 연속 전 회사의 고실적 영업사원이었고 지난 6년간 회사에서 줄곧 위 'Top 3'에서 벗어난 적 없다고 알려줬다. S는 K가 원하는 사람이다. K는 이상적인 지원자를 찾았다고 생각했다. 왜냐하면 그가 전 회사를 그만둔 것도 단지 불가항력적인 인수합병이 원인이었기 때문이다.

면접은 계속 진행되었고 대화하면 할수록 점점 더 지

원자가 마음에 들었고 그가 바로 일을 시작할 준비가 돼 있어 보였다. 몇 명의 다른 지원자들과 면접을 좀 더 하고 나서 K 본부장은 S가 경력과 성격 면에서 다른 경쟁자들에 비해 훨씬 뛰어나다고 생각한다. K 본부장은 빈자리를 채울 수 있게 되어 아주 만족스럽게 생각하며 S를 채용한다.

S는 여러 차례 같은 팀의 다른 영업사원들과 함께 회사의 표준 제품 교육 과정을 소화해 낸다. 면접 시 S는 K 본부장에게 아주 자신 있게 자신이 회사를 바꿀 때 전 회사에서 자신이 상대했던 많은 고객들이 자신을 따라올 것이라고 말했다. K 본부장은 그 말을 듣고 S에게 그 고객들을 천천히 끌어오라고 했으며 신규 고객도 많이 확보해 보라고 격려했다.

한두 달이 지나면서 K 본부장은 S가 말했던 것과는 달리 기존의 고객들을 데리고 오지 못하고 있다는 것을 알게 된다. K 본부장은 첫 번째 제품 교육이 끝나면 바로 한 건이 크게 터지기를 기대했던 것이다. K 본부장은 S가 일 년 전까지만 해도 전 회사에서 고실적 영업사원이었기 때문에 자신의 영업본부에서도 최고의 자리에 바로 오를 수 있을 것이라고 생각했다. 특히 그가 기존에 자기가 다루던 고객을 데리고 온다고 호언장담까지 했으니 충분히 그럴 수 있을 것이라고 생각했다.

필자가 만약 채용하는 과정에서 K 본부장과 함께 할 기회가 있었더라면 필자는 S의 인지 능력과 지배 가치를 평가했을 것이고, 몇 가지 흥미로운 요소들을 발견했을 것이다. S를 동기부여시키는 것은 돈도 권력도 아니다. 그는 목표지향적이거나 스스로 시작하는 사람 또한 아니며 거절을 다루지 못한다.

그에 대한 관찰이 어느 정도 진행되고 보니 K 본부장은 S가 다른 영업사원들처럼 전화 통화하는 것을 거의 볼 수 없었다. 마음을 터놓고 대화를 해본 결과 S가 K 본부장에게 알려줬던 전 직장에서 담당했던 모든 비즈니스에는 숨은 이야기가 있었다. S의 상급자인 영업관리자가 그에게 퇴직한 다른 영업사원이 맡고 있던 이미 개발되어 잘 돌아가는 거래처들을 그대로 넘겨줬던 것이다. S가 다섯 개의 큰 거래를 관리하고 있었다는 것은 사실이지만 그가 주도적으로 처리한 일은 하나도 없었다. S는 오더를 받는 사람이었다. 그가 사람들하고 말을 하기 좋아하는 덕분에 매년 주기적으로 고객과 계약을 연장하는 일이 잘 된 것뿐이었다. 이것이 S가 고실적 영업사원일 수밖에 없는 이유였다.

S는 면접 시 K 본부장을 기만하려고 하는 시도는 전혀 없었다. S는 단지 K 본부장이 듣고 싶어 하는 말과 자신이 믿고 있

는 자신에 대한 정보를 알려줬을 뿐이다. S가 기존의 고객들을 새 회사로 끌어오지 못했거나 신규 고객을 창출할 수 없었던 것은 거짓말을 한 것이 아니라 면접 방식에 문제가 있는 것이었다. S가 K 본부장에게 전 직장에서 무엇을 했는지 물어봤을 때 S가 알려줬던 다섯 개의 제일 큰 거래처를 관리했던 내용도 사실이다. 그러나 이것은 미래의 실적에 대한 문제와 전혀 상관이 없는 것이다.

K 본부장은 지금 S 때문에 고생하고 있다. 그는 많은 시간을 들여 어느 부분에서 문제가 생겼는지에 대해 고민하면서 이익도 없는 투자를 하고 있는 것이다. 이와 반대의 상황이 발생한 또 다른 케이스에 대해서 살펴보기로 하자.

A는 얼마 전에 대학을 졸업했다. 그녀는 경영학과를 졸업했으며 비록 전에 영업직에서 일해 본 적은 없지만, B 팀장은 그녀가 이 일자리에 적합한지 확인해 보려고 면접을 하기로 했다. B 팀장은 자신의 팀에 젊은 에너지를 보충하여 다른 팀원들에게 활기를 부어줘야겠다는 생각을 자주 했었다.

A는 에너지가 넘쳐흘러 보였다. 그녀는 업무에 임할 준비가 됐고 팀장에게 아주 좋은 인상을 남겼다. 문제는 B 팀장이 그녀의 성격과 일부 경험에 대해 균형 잡아야 하는

것이다. 팀장은 그녀의 숨어있는 기질을 발견하기 위한 질문을 몇 개 했다. 대부분의 질문 내용에 대하여 그녀는 만족스러운 대답을 했고, B 팀장은 대학 졸업생이 이렇게 어린 나이에 그토록 많은 지식을 가지고 있다는 것에 대해 아주 깊은 인상이 남았다. 그녀는 자기주장이 있으면서도 타인 중심적이었고 다정하고도 활력이 넘쳤다. 그러나 여전히 B 팀장의 마음속 깊은 곳에서 A가 전에 직장 경력이 없는 것에 대한 우려가 남아있었다. 그녀가 경험했던 가장 근사한 경력이라곤 학교 다닐 때 아르바이트로 상류층 여성들을 대상으로 한 옷 가게에서 일했던 것이다.

면접을 통해 B 팀장은 A가 최대한 자신의 짧은 경력을 과장해 보려는 의도가 있다는 것을 파악했다. 팀장은 그녀를 동정하고 싶었지만, 그녀와 같이 경험이 없는 사람을 채용하면서 따르게 되는 리스크에 대해 우려했다. 결국 B 팀장은 영업 경험이 있는 다른 사람을 채용했다. 그렇게 하고 나서야 위안이 되었다.

여기서 B 팀장이 알지 못하고 있는 점은 그가 방금 고실적자가 될 수 있는 영업사원 지원자를 놓쳐 버렸다는 것이다. 만약 필자가 A를 평가할 기회가 있었다면, B 팀장은 A가 신규 고객을 발굴하는 데 딱 맞는 행동 유형을 가지고 있다는 것을 알 수 있었을 것이다. B 팀장은 단지 A가 경험이 없다는 이유로 그런 결론을 내리게 된 것이다.

그런데 그녀는 그러한 점들을 받쳐 줄 고실적 영업사원의 인지 능력과 지배 가치를 가지고 있었다. 그녀는 돈을 벌고 영향력을 행사하는데 동기부여가 되는 사람이었다. 그리고 그녀는 동시에 결과 지향적이고 판매에 헌신적이었으며 스트레스를 다루는 면에서 뛰어난 능력을 가지고 있었다. A에게 유일하게 부족한 점이라면 경력 부족이다.

이런 사례들을 통해 면접 과정 시 영업 스킬만 평가하는 것이 긍정적인 결과를 가저더주지 않는다는 것을 알 수 있다. 영업 스킬은 지원자가 복잡한 영업 프로세스를 스스로 알아내고 이해하는 것을 가리킨다. 고실적 영업사원들은 제품 지식이나 과거 경험과 관계없이 영업 프로세스를 수행하는 데 필요한 행동이 무엇인지 알고 있다.

단순히 영업 스킬이나 행동 유형에 근거하여 채용 결정을 내리게 되면 항상 기대와는 다른 결과를 초래하게 된다. 영업 스킬이 뛰어난 것이 영업 분야에서 얼마나 좋은 실적을 낼 수 있느냐의 척도가 될 수는 없다. 따라서 더 많은 것을 평가해야 한다.

그렇다고 해서 면접 시에 영업 스킬을 평가할 필요가 없다는 말은 아니다. 그러나 지원자의 영업 스킬을 인지 능력이나 지배 가치와 같은 나머지 속성들과 함께 고려하면 영업 스킬이 지원자의 영업 능력을 방해하는지 혹은 도와주는지 판단할 수 있다. 동기부여가 아주 잘 되고 똑똑하지만 영업 스킬에 대한 지식이 없는 사람은 무엇을 해야 하는지 알지만, 지배 가치의 갈등 혹은 방향성 없이 일하는 베테랑 영업사원들은 무엇을 해야 하는지 알지 못한다.

영업 스킬은 교육을 통해 개발될 수 있기 때문에 배우려는 의지와 동기만 있으면 얼마든지 습득이 가능하다. 영업사원의 인지 능력과 지배 가치에 대하여 영업관리자가 해 줄 수 있는 것은 단지, 이러한 요소들이 그들을 동기부여 시킨다는 것을 인식할 수 있도록 하는 것이다. 영업관리자가 근본적으로 영업사원의 인지 능력과 지배 가치와 같은 속성들을 바꿀 수 없지만, 그런 것들을 인식하도록 도와주는 것은 영업 조직이 제대로 된 방향으로 가는 데 있어서 매우 중요한 일이다.

그렇다면 고실적 영업사원들한테 필요한 영업 스킬은 무엇인가? 고실적 영업사원들은 복잡한 영업 스킬을 실행하는 데 필요한 기술들을 이해하고 활용한다. 이들은 경험이나 교육을 통하여 그런 기술들을 배우며, 혹은 본능적으로 무엇을 해야 하는지를 알고 있다. 여기서 주목할 것은 고실적 영업사원들은 어디서부터 시작해야 하고, 프로세스 단계별로 무엇을 해야 하는지 알고 있다는 것이다. 고실적 영업사원들은 항상 자신의 업무에 몰두하며 자신의 능력을 업그레이드 시키려고 노력한다. 영업 스킬에는 성과에 영향을 미치는 중요한 구성요소들이 있으며, 고실적 영업사원들은 그런 것들을 어떻게 적용하고 마무리해야 하는지 이미 알고 있다.

CHAPTER 6

한발 물러서서 지원자를 관찰하라

영업직에 지원한 사람들은 직장을 얻기 위해 면접이 진행되는 동안 최선을 다할 것이다. 지원자들이 자신을 제대로 표현하는 것과 그렇지 못한 부분, 그리고 겉으로 보이지 않는 내면까지 읽어내는 것은 영업관리자나 면접관들에게 매우 어려운 일이다. 이러한 것들에 대한 영업관리자들의 정확한 이해가 차후 영업사원의 능력을 결정짓게 된다.

그런데 이는 행동 유형보다는 인지 능력과 지배 가치와 같은 내적인 구성요소에 의해 주로 결정된다. 새로운 영업사원을 채용하고자 하는 영업관리자라면 누구나 제일 훌륭한 지원자를 발굴하기를 원할 것이다. 열정과 에너지를 가지고 새로운 시장을 개척하는 데 동기부여되어 있고, 특별한 채찍과 당근이 없이도 업무를 잘 수행할 수 있는 영업사원을 원할 것이다. 이것이 바로 모든 영업관리자들이 원하는 것이다.

그런데 왜 새로운 영업사원을 채용하려고 할 때마다 그런 능력을 갖춘 사람을 뽑지 못하는 것일까? 이것은 앞서 언급한 바와 같이 영업에 적합한 인지 능력과 지배 가치를 갖추고 있는가의 문제와 관련된다. 돈을 벌어야겠다는 의지와 스스로 시작하는 능력이 결여된 지원자는 새로운 시장을 개척하고, 신규 고객을 확보해야 하는 상황에서 추진력이 발휘되기 어렵다.

다음 두 개의 사례는 처음에는 아주 이상적인 지원자로 보였으나, 고실적 영업사원으로서 능력을 발휘하지 못한 지원자들에 대한 것이다. 이 둘 중 누구도 나쁜 사람이거나 성공적인 삶을 살고 싶지 않은 사람은 없다. 그들은 고실적 영업사원이 되는 데 필요한 프로파일을 가지고 있지 않을 뿐이다.

이 두 사례를 자세히 소개하려는 목적은 다시 한번 외적인 행동 유형이 미래의 실적을 가늠하는데 눈속임이 될 수 있다는 것을 보여주기 위한 것이다. 채용 시 한 개인의 업무수행능력에 대한 내적인 구성요소를 평가하지 않고 주관적인 생각으로 고용하면 결과적으로 영업에 적합하지 않은 사람을 고용하게 되어 대가를 지불할 수밖에 없다. 두 가지 사례를 통해 당신도 그런 사람들을 고용하지 않았나 생각해 보기 바란다.

지배 가치의 문제

박 대리는 김 팀장이 이상적으로 생각해 왔던 모든 것을 갖춘 지원자였다. 대화하기 아주 편했으며 어떤 질문에도 적극적이고 열정적인 모습을 보여주었다. 그의 경력은 김 팀장이 이끌고 있는 팀 내의 최고 영업사원만큼 화려했고, 전 직장에서의 성과들을 보면 매우 인상적이었다.

김 팀장은 박 대리를 채용하지 않을 이유가 없었다. 불행히도 김 팀장은 자신의 감에 의존했다. 왜냐하면 그는 이런 유형의 사람들이 자신을 바보로 만들 일은 없을 것이라고 느꼈기 때문이다. 김 팀장은 충분히 잘 해낼 것이라 생각했고, 면접과 참고서류만 확인하고 박 대리를 채용했다.

박 대리는 첫 주부터 본격적으로 업무를 시작했다. 그는 제품들에 대해 아주 열심히 배웠으며, 심지어 베테랑 영업사원들에게까지도 그들이 전혀 들어보지도 못한 내용들을 알려주고 있었다. 김 팀장은 박 대리가 알고 있는 정보에 대해 놀라움을 금치 못했다. 김 팀장은 박 대리가 잠재고객들과 진행하는 전화 상담을 들어보고는 제품의 특성에 대해서 완전히 파악했다고 생각했다. 그 제품을 개발한 사람이 아닌가 의심될 정도였다.

박 대리는 근무한지 2개월이 지나자 김 팀장에게 경쟁사 제품들에 대한 분석과 강·약점에 대해 20페이지 분량의 분석 보고서를 제출했다. 이런 박 대리의 적극적인 업무 추진력에 반해 버린 나머지, 김 팀장은 박 대리의 월별 고객 수가 그의 제품에 대한 지식만큼 꾸준히 증가하지 않고 있다는 사실을 간과했다.

김 과장은 박 대리가 새로 입사해 그처럼 업무를 빨리 터득한 데 대해 고무되어 있었다. 김 과장은 박 대리가 모든 제품을 습득하고 있었고, 입사한 지 아직 얼마 되지 않았기 때문에 낮은 실적에 대해 너그럽게 생각했다. 단지 짧은 시간 동안에 그렇게 많은 제품들을 소화해 냈다는 것이 믿어지지 않을 뿐이었다.

그렇게 몇 달이 지나 김 팀장은 박 대리의 제품 지식이 영업실적과 상관관계가 없다는 것을 알게 됐다. 김 팀장은 박 대리를 걱정하기 시작했다. 김 팀장은 일부러 시간을 내서 왜 그의 해박한 제품 지식들이 잠재고객들의 구매로 연결되지 않는지 원인을 알아보기 위해 전화상담 시 통화 내용을 검토하기도 했다.

박 대리는 자신의 스킬을 팀장에게 보여주면서 식은 땀을 흘리기도 했다. 김 팀장은 박 대리에게 담당하던 잠재고객에 대한 모든 보고도 받았다. 그러나 대체 어디에 문제가 있는지 알 수 없었다. 박 대리는 전화 상담 시 대화를 대부분 이끌어 나갔기 때문에 별문제가 없어 보였다. 그는 잠재고객들의 질문에 답할 때면 마치 녹음해 놓기라도 한 듯이 대응했다. 상담을 마칠 때면 박 대리는 잠재고객에게 어떤 문제라도 있으면 전화를 주시라고 당부했다.

김 팀장은 박 대리가 고객들에게 좀 더 심혈을 기울이게 하기 위하여 인센티브를 줘볼까 생각했고, 실제로 일을 성사시킬 때마다 인센티브를 지급해 보기도 했다. 그러나 박 대리는 김 팀장이 기대했던 것보다 별로 동기부여되지도 않았고 자포자기하는 것 같았다.

몇 주가 지나자 김 팀장은 박 대리에게 지난번 전화상담 결과가 어떻게 되었는지 물었다. 박 대리는 그 잠재고객이 이미 다른 회사로 가버렸다고 했다. 많은 잠재고객들을 경쟁사에 계속 빼앗기고 있었다. 김 팀장은 인센티브가 시간 낭비라는 것을 깨달았다. 전에 이 방법은 다른 영업 사원들한테는 아주 잘 먹혔었는데 말이다.

마지막 방법으로 김 팀장은 박 대리를 영업 교육에 보냈다. 교육이 시작된 첫 몇 주 동안 박 대리는 회사에서 근무하던 때보다 교육에 참석할 수 있는 것에 대해 더욱 신나 있었다. 김 팀장은 이것이 박 대리로 하여금 뭔가 새로운 계기가 되어 더 많은 것을 팔 수 있지 않을까 기대했다.

교육이 끝나자 박 대리는 두툼한 매뉴얼을 들고 충전된 모습으로 돌아왔다. 그는 이번 교육을 통해서 많은 것을 배웠다고 말했다. 그러나 그 열정은 그리 오래가지 못했다. 그 후 9개월 동안 박 대리에게 기회를 주었지만, 김 팀장은 끝내 그의 해고 여부를 고민해야 할 상황에 이르고 말았다. 김 팀장은 박 대리와 같이 외적으로는 완벽해 보이는 사람이 왜 채용된 다음에는 그렇게 보잘것없는 실적밖에 내지 못하는지 도무지 이해가 되지 않았다.

당신도 이와 비슷한 완벽한 사람을 찾았다고 기뻐했으나, 궁극적으로 당신의 생각과는 전혀 다른 실적을 내는 경험을 해봤을 것이다. 이와 같은 면접에 근거한 미래의 실적에 대한 기대와 좌절의 반복은 영업관리자들을 지치게 만든다. 하지만 이런 일은 준비를 통해 피할 수 있다.

위의 사례를 통해 보았을 때, 박 대리는 이론적 가치에 동기부여되는 완벽한 사례라 할 수 있다. 박 대리는 새로운 지식을 배우거나 그 지식을 다른 사람들한테 전수하는 데서 동기부여가 된다. 높은 이론적 가치를 기본적인 동기로 한다는 것은 박 대리가 물건을 팔 수 없다는 의미는 아니다.

돈을 최우선 순위로 생각하지 않고 돈에 의해 동기부여가 되지 않는 사람은 대개 금전적 보상에 의해 동기부여되기가 어렵다. 오히려 그들은 정보의 수집과 분배에서 가치를 발견하며, 지식들을 활용한 결과로 받게 되는 재무적인 보상에 대해서는 별 가치를 느끼지 못한다. 만약 박 대리가 이론적인 가치와 경제적인 가치를 동시에 중요시했다면, 그는 자신의 지식을 이용하여 돈을 버는 데 동기부여가 됐을 것이다. 하지만 박 대리는 그렇지 못했다. 이는 영업사원으로서 최고가 되는 데 부정적인 영향을 준다.

영업활동에서 이론적 가치에 동기부여가 되는 사람은 자신의 모든 시간을 투자하여 정보를 수집하고 전하는 것을 실제로 판매하는 것보다 훨씬 더 좋아한다. 이들은 영업 스킬이 있기 때문에 무엇을 해야 하는지 잘 알고 있으며, 명석한 사고를 하는 사람들이기 때문에 일정한 패턴을 따를 수 있다. 하지만 가치에 대한 갈등으로 인해 그들이 고실적 영업사원으로 성공할 수 있을지는 의문이다.

이런 가치에 대한 갈등을 지원자들은 면접에서 절대로 드러내지 않는다. 그래서 김 팀장과 같은 영업관리자들은 박 대리가 자신의 능력에 대해 설명하고, 자신에 대한 추가적인 정보를 제공하는 데에서 훨씬 더 깊은 인상을 받게 된다. 박 대리와 같이 자신의 명예를 위하여 지식에 대한 가치를 크게 생각하는 사람들은 돈이 전부가 아니며, 이는 영업관리자들에게 어떻게 그들이 훌륭한 실적을 낼 수 있을지에 대한 좋은 시사점을 제시해 준다.

인지 능력의 문제

최 본부장은 영업직에 빈자리가 생겨 바로 충원이 필요했다. 그는 채용 절차에 따라 구인광고를 냈고, 이력서를 검토하여 제일 훌륭해 보이는 지원자인 양 과장을 선별해냈다. 양 과장은 매우 느긋해 보였고, 전문성도 있어 보였다. 지난 영업 경력을 묻는 질문에 대해 양 과장의 대답은 아주 간결하면서도 명료했다. 그는 전 직장에서 영업실적 우수상을 수상한 적도 있었는데, 어떤 고객사들은 아주 큰 회사들이었다.

양 과장은 모든 준비가 다 된 사람 같았다. 자신은 도전을 아주 좋아하며 과거에도 늘 자신만의 방식으로 많은 장애물들을 물리칠 수 있었다고 했다. 최 본부장은 계속 면접을 진행했고, 양 과장은 최상의 선택이었다. 결국 최 본부장은 양 과장을 채용하기로 결정했다.

출근 첫날에 양 과장은 한 시간 먼저 회사에 출근했다. 최 본부장은 회사에 도착했을 때 양 과장이 일찍 출근해 있는 것을 보고 자신의 결정에 대해 흡족해했다. 그는 양 과장이 분명히 실력자일 것이라고 생각했다. 양 과장 역시 그를 실망시키지 않았다. 최 본부장은 양 과장에게 회사의 모든 교육을 받도록 했고, 본부 내 고실적 영업사원들과 함께 일하게 했다.

　최 본부장은 양 과장이 다른 사람들과 일하면서 어깨 너머로 앞으로 무엇을 해야 하는지 스스로 가치 있는 정보들을 습득할 수 있을 것이라고 생각했다. 팀의 멤버들도 그를 아주 좋아했다. 그는 아주 익살스러웠으나 언제 다시 일에 착수해야 하는지 아는 사람이었다.

　석 달간 양 과장은 그를 고용한 최 본부장의 안목을 입증해 줬다. 그는 새로운 고객들을 데리고 왔으며 매일 판매하느라고 바삐 돌아다녔다. 자신의 할당량을 완성해가자 최 본부장은 그렇게 기쁠 수가 없었다. 다른 영업사원들은 농담조로 양 과장이 머지않아 '이달의 영업사원'이 될 것이라고 말했다. 어떤 사람들은 심지어 그 상을 타기 위해 양 과장을 꺾겠다는 의지를 보이기도 했다. 최 본부장은 본부 내에서 작은 경쟁이 일어나고 있다고 생각했다.

　그런데 뜻밖에도 양 과장의 고객 수가 점점 적어지는 것 같았다. 양 과장이 농땡이를 치고 있는 것으로는 보이지 않았기 때문에 최 본부장은 그 이유를 알 수가 없었다. 양 과장에 대한 의심을 떨쳐보려고 최 본부장은 누구든 항상 매달 최고가 될 수는 없다고 자신을 위안하면서 양 과장을 그냥 내버려 뒀다.

　몇 주 후, 최 본부장은 아침 11시가 됐는데도 양 과장이 여전히 사무실에 앉아 있는 것을 발견했다. 오전 아홉 시 반 전에 판매를 위해 사무실 밖으로 나가는 것이 양 과장의 습관이었기에 뭔가 이상한 생각이 들어서 그에게 요즘 무슨 일을 하고 있는지 물었다. 양 과장은 최근 무역박람회에서 만났던 몇몇 가망고객에 대해 알려줬으나 여전히 기분이 다운돼 있어 보였다. 최 본부장은 최근에 양 과장이 제일 큰 가망고객 중의 한 명을 다른 회사 영업사원에게서 빼앗겼다는 것을 알게 되었다.

최 본부장은 양 과장에게 항상 모든 고객을 잡아둘 수는 없다고 말해주고, 일시적인 이슈일 뿐이라고 생각했다. 하지만 시간이 지남에 따라 양 과장이 더 이상 일찍 출근하는 것을 볼 수 없었다. 그리고 제때에 출근하긴 했지만, 전에 비해 아주 늦게 밖으로 나갔다. 최 본부장은 양 과장이 전처럼 자주 전화를 하는 것을 볼 수도 없었다.

그리고 다음 달 결과가 나왔다. 최 본부장은 양 과장의 실적이 팀 내에서 제일 낮은 것에 깜짝 놀랐다. 최 본부장은 양 과장이 제일 큰 가망고객으로부터 거절을 받은 일을 생각했다. 그것이 낮은 실적에 대한 이유일까? 그럴 수도 있지만, 그동안 아주 열심히 일해왔기 때문에 그것이 결정적 이유가 될 수 있다는 사실을 믿기 어려웠다.

최 본부장이 양 과장에게 무슨 문제가 있는지 다시 물

었지만 양 과장은 없다고 대답했다. 그는 실제로 자신의 행동 수준을 제고하기도 했다. 그는 판매하기 위하여 조금 더 일찍 밖으로 나갔고, 최 본부장은 그가 전화하는 것을 좀 더 자주 볼 수 있었기에 그냥 일시적인 슬럼프에 불과했다고 생각했다.

양 과장은 다음 달에 꼴찌를 면했다. 하지만 그의 실적을 검토했을 때 대부분의 판매가 기존 고객들을 갱신한 것이라는 것을 발견했다. 판매 실적에 대해서는 별로 지적할 게 없었지만 새로운 돌파구가 필요했다. 몇 주가 지났지만 신규 고객의 규모는 좀처럼 커지지 않았다.

그는 벌써 한 달이 넘도록 한 명의 고객도 추가하지 못했으며, 기존 고객들에게 추가 구매를 설득하고 있었다. 최 본부장은 그가 더 이상 다시 궤도에 진입할 수 없을 것이라고 판단했고, 유감스럽지만 양 과장은 더 이상 적응하지 못했다.

이제 양 과장을 채용하는 결정을 내리기 전으로 다시 돌아가 그의 행동 유형, 인지 능력, 지배 가치 및 영업 스킬에 대한 평가가 얼마나 합리적이었는지 고려해 보자. 그의 행동 유형은 전형적인 달변가형이다. 그는 에너지가 넘치고 판매하기 위해 매일 나갔다. 늘 친절했고, 진정으로 그를 만나는 많은 사람들의 사랑을 받았다. 그가 다른 사람들을 만날 때면 최 본부장이 면접에서 만났을 때와 같이 즉시 공감대를 형성할 수 있었다.

양 과장의 가치 구조를 보면, 그는 돈과 영향력에 의해 동기부여가 된다는 것을 알 수 있다. 여기서 다시 보면 바로 앞 사례의 박 대리와 같이 그는 고실적 영업사원처럼 보인다. 그는 장래에 훌륭한 영업사원이 될 수 있는 행동 유형과 지배 가치를 가지고 있다. 복잡한 영업 프로세스에 대한 지식도 평균 수준 이상이었다. 그는 어떻게 팔아야 하는지 알고 있었다.

하지만 양 과장은 고객의 거절을 다루는 데 큰 어려움을 겪었다. 모든 것이 그의 생각대로 잘나가서 잠재고객들이 관심을 가지게 되면, 그는 열심히 일해서 그 판매를 성취할 수 있었지만, 거절을 당했을 때는 그것을 자신의 개인적인 이슈로 심각하게 받아들였다.

사실 영업사원에게 거절을 다루는 능력은 매우 중요하다. 왜냐하면 거절은 매일 일어나는 일이기 때문이다. 양 과장의 거절에 대한 두려움은 그의 행동에 영향을 미쳤다. 이런 두려움은 고객에게 전화하기를 주저하는 결과를 초래했다. 근본적으로 그는 한번 당한 거절을 연락하는 모든 잠재고객에까지 연관시켰다. 양 과장의 생각은 이러했다. '이 고객이 나를 거절했으니 다음 고객도 나를 거절할 수 있을 것이다.'

영업관리자는 거절을 다루는 데 어려움을 가진 사람을 채용하려고 하지 않겠지만, 이것은 면접을 통해서는 알 수 없다. 물론 지원자가 거절을 다루는 데 문제가 있다는 것을 안다면, 채용 여부를 결정할 때 큰 도움이 될 것이다. 그러나 거절을 얼마나 잘 다루는지 모른다면, 영업관리자는 결국 양 과장과 같은 사람을 채용할 가능성이 높다.

위의 사례는 이런 인지 능력이 얼마나 중요하게 미래의 실적에 영향을 주는가를 보여준다. 영업사원 지원자들의 행동 유형은 당신을 오해하게 만들 수 있다. 행동 유형에 의존하게 되면 당신이 좋다고 생각한 사람이 실망스러운 결과를 가져다주기 쉽다. 특히 면접에서 개인적 호감을 가지고 선택을 하면 그럴 확률이 더 높다.

영업사원들을 채용하거나 평가할 때 행동 유형은 단지 사람의 겉모습에 불과하다. 그들이 고실적 영업사원이 되기 위한 인지 능력과 지배 가치를 가지지 않았다면 채용 후에 많은 문제가 발생할 것이다. 이력서와 자기소개서 그리고 겉모습에 현혹되지 않고, 위험을 알려주는 경고에 귀를 잘 기울이고 영업사원 지원자로부터 조심스럽게 한발 물러서서 지원자를 면밀히 관찰해야 하는 이유가 바로 여기에 있다.

CHAPTER 7

고실적 영업사원 프로파일
(High Performer Profile : HPP)

무엇이 지원자를 동기부여 시키고, 지원자가 영업에 적합한 인지 능력을 가지고 있는지를 파악하는 것은 영업 조직의 미래에 큰 영향을 미친다. 좋은 채용 결정을 내리고자 하면 반드시 지원자의 외적인 구성요소와 내적인 구성요소가 통합된 고실적 영업사원의 완전한 그림을 볼 수 있어야 한다.

필자가 지금까지 소개했던 것들을 다시 살펴보자. 한 개인의 외관이라고 할 수 있는 행동 유형만 가지고 한 사람을 제대로 알 수 없다. 이는 그들이 어떻게 행동할 것인지만 보여주기 때문이다. 이러한 현상은 면접 장소 밖에서도 마찬가지다. 사람들은 다른 누군가를 만날 때 그 사람의 행동 유형을 판단하기 시작한다. 그 사람들이 적극적인지 수줍어하는지 침착한지를 보게 된다.

이와 같이 지금까지는 지원자의 행동 유형이 좋은 영업사원이 될 수 있을지에 대한 결정을 내리는데 활용할 수 있는 정보의 전부라고 생각해 왔다. 심지어 훌륭한 통찰력을 갖춘 가장 노련한 영업관리자조차 그 사람이 보여주는 표면적인 것만 보는 경우가 많았다. 영업관리자는 이미 너무나 많은 이상적인 지원자로 보이는 영업사원들을 만나 봤지만 예측은 자주 빗나갔을 것이다. 이처럼 행동 유형은 성공적인 영업사원을 평가할 수 있는 아주 작은 일부에 지나지 않는다.

다행히도 이제는 지원자를 지금까지 보다 더 깊이 이해하고 평가할 수 있게 됐다. 지원자의 인지 능력과 지배 가치까지 염두에 둔 세 가지 속성의 조합은, 영업관리자들에게 단지 행동 유형한 가지만 가지고 평가하는 것보다 지원자들의 능력에 대한 더욱 정확하고 많은 것을 보여줄 것이다.

이 세 가지 구성요소들을 영업 스킬과 결합하게 되면 지원자들의 영업활동 성과에 대한 보다 더 심층적인 그림을 보게 될 것이다. 고실적 영업사원이 되게 하는 구성요소는 아주 명확하며 간단하다. 고실적 영업사원들은 실행력이 뛰어나며 말을 잘하는 행동 특성실천가형과 달변가형의 조합을 보이며, 돈을 버는 것과 영향력을 미치는 것경제적 가치와 정치적 가치 수준이 높고에 동기부여되고 행동한다.

또한 이들은 무엇이든 스스로 시작할 줄 알며, 목표지향적이고 결과 지향적이며, 고객들의 거절을 효과적으로 다룰 수 있으며 책임감이 강하고 스트레스를 잘 다룰 줄 안다인지 능력 중 6가지 요소가 상위에 있음. 마지막으로, 그들은 영업 프로세스 전 단계를 성공적으로 시작, 운영 및 완성하는 데 필요한 전략들을 이해하고 있다. 아래의 그림은 고실적 영업사원 프로파일을 나타낸 것이다.

고실적 영업사원 프로파일 : HPP

행동 유형	인지능력	지배 가치
A T P C		T E A S P R

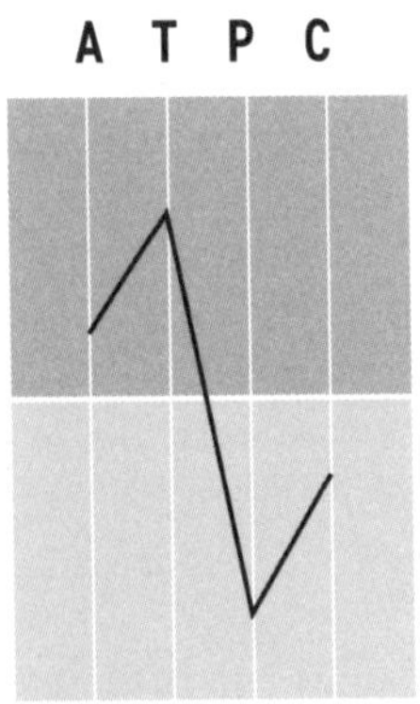

- 스스로 시작하는 능력
- 목표 지향성
- 결과 지향성
- 책임감
- 스트레스 다루기
- 거절 다루기
- 끈질김
- 자기확신

외 30여 가지 능력

Activator 실천가
Talker 달변가
Pacer 천천히 걷는 사람
Controller 컨트롤러

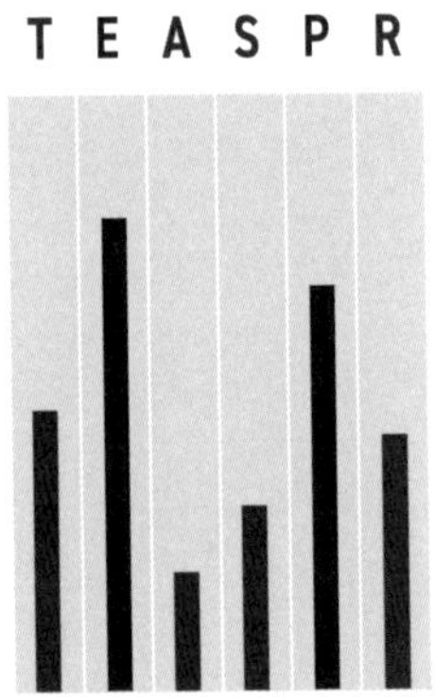

T 이론적 가치   **S** 사회적 가치
E 경제적 가치   **P** 정치적 가치
A 심미적 가치   **R** 규칙적 가치

필자의 경험에 의하면 이 프로파일에 부합하지 않는 영업사원 지원자들은 기대를 충족시키기 힘든 사람들일 가능성이 높다. 지배 가치의 갈등과 같은 문제는 쉽지도 않거니와 그에 대한 변화를 기대한다는 것은 불가능한 일이다. 이럴 경우 동기를 부여해 주는 지배 가치가 영업사원으로써의 역할에 적합하지 않는 다른 것에 있기 때문에 이들은 최대의 능력을 발휘하지 못한다.

행동 유형과 영업 스킬은 고실적 영업사원들에게 있어서 아주 중요한 부분이다. 그들에게는 매일 열심히 밖으로 나가서 활동해야 하며 신규 고객도 발굴해야 하지만, 이런 것을 어떤 식으로 해야 하는지에 대해서도 잘 알고 있어야 한다.

영업 스킬은 배울 수 있고 그 기술을 활용하여 판매량을 늘릴 수도 있다. 많은 영업관리자들이 영업에 적합하지 않는 영업사원들을 교육을 통해 변화시키려고 애쓴다. 지원자의 행동 유형, 인지 능력 및 지배 가치가 '고실적 영업사원 프로파일'에서 아주 많이 이탈돼 있다면 아무리 좋은 교육이라 하더라도 더 훌륭한 영업사원으로 변화시키기는 어려울 것이다. 불행하게도 이것이 대부분의 기업이 직면해 있는 현실이다.

이제 당신은 형편없는 실적만 내는 영업사원을 고용하지 않을 것이라는 장담을 할 수는 없지만, 엉터리 영업사원들과 함께 지내야 할 이유는 없다고 생각한다. 한 개인이 가지고 있는 더 완전한 모습을 보는 능력을 가지게 되면 당신이 앞으로 이끌어

갈 영업 조직의 성과는 지금까지와는 전혀 다를 것이다.

이제 당신은 '고실적 영업사원 프로파일이하 HPP로 표기'을 이해했다. 당신은 당신의 많은 채용 결정에 대하여 표준을 만들 수 있다. 당신은 지원자들을 깊이 있게 평가해 보고 자신의 면접 과정을 증명해 볼 수 있다. 이제 새롭게 고실적 영업사원들로 팀을 구성해 보라.

CHAPTER 8

둥근 구멍에 박혀있는 네모난 못

영업 조직에서 많은 영업사원들이 '적재적소'에 배치되어 있지 않다. 영업사원이 목표를 달성하지 못했다고 하여 그 영업사원들이 그 자리에 적합하지 않다고 하는 것은 아니다. 낮은 성과를 초래하게 된 진정한 원인을 찾아내는 것이 중요하다. 효과적인 영업관리 부재가 원인일 수도 있고, 지원 부재일 수도 있다.

'HPPHigh Performer Profile'는 문제를 결정짓는 기준이 아니다. 그보다는 영업 조직의 관리자들이 자신이 속해 있는 산업 분야에서 가장 적합한 영업사원에 대한 폭넓은 지식을 얻을 수 있는 수단이며, 앞으로 어떻게 해야 할지에 대한 결론을 내리는 근거로 활용할 수 있다.

'HPP'를 통하여 실적 차이가 나는 중요한 증거를 확인할 수 있다. 우선, 실적이 좋지 않은 영업사원을 예로 들어보자. 이들은 영업 스킬, 행동 유형, 인지 능력, 지배 가치의 조합의 문제라 할 수 있다. 'HPP'에서 가장 쉽게 변화될 수 있는 유일한 부분이 영업 스킬이다.

실적이 낮은 이유는 시간과 비용을 성과에 미치는 영향이 미미하거나 아예 없는 일에 투자하기 때문이다. 외부에 나가서 영업활동을 할 능력이 없는 영업사원은 항상 영업관리자의 주의를 끈다. 이들은 영업관리자의 시간, 금전 그리고 노력을 삼켜버리는 동시에 다른 문제도 함께 드러낸다. 모든 비즈니스의 목적은 투자에 대비해 높은 수익을 얻는 것이지만, 기준에 도달하지 못하는 영업사원을 그냥 남겨두게 되면, 결국 회사에 심각한 문제들만 남겨둔 채 관리자로서 보직을 끝내게 될지도 모른다.

성과가 없는 영업사원에 대한 시간과 비용의 투자가 바람직하지 않다는 점은 여러 면에서 입증이 된다. 성과가 없는 영업사원이 담당한 영역에서는 당연히 창출돼야 하는 정도의 수익이 창출되지 못한다. 사례를 통해서 이 점에 대해 논의해 보자.

구 과장은 베테랑이었다. 그는 회사에서 여러 해 동안 있으면서 폭넓은 생산 지식을 쌓았다. 그는 회사에서 매년 상당액의 매출을 올렸다. 그에 따른 보상 또한 다른 사람들에 비해 매우 높은 편이었다. 우리가 'HPP'에 근거하여 그의 행동 유형, 인지 능력, 지배 가치, 영업 스킬을 평가한 결과는 예상을 크게 빗나갔다. 'HPP'와는 거리가 있었다.

문제는 그가 담당한 분야는 회사 매출 중 상당 부분을 차지하는 큰 규모였다. 구 과장이 받고 있는 보수는 금액이 너무 높은 탓에 그는 자신의 경제적 가치를 충족시키기 위해 더 이상의 노력을 할 필요가 없었다. 이런 상황이다 보니 매년 새로운 고객이 늘어나거나 기존 고객의 거래금액이 늘어나지 않았다. 그럼에도 불구하고 구 과장은 회사 설립 초기부터 근무했던 창업 공신이었기에 영업관리자는 그에게 새로운 목표를 부여하거나 신규 고객 발굴 등에 대한 일체의 부담을 주지 않았다. 이는 회사의 사기와 이익에 큰 영향을 끼쳤다.

이와 같이 역량이 부족한 평범한 영업사원이 중요한 영업 역할을 맡고 있으면 큰 문제를 초래하게 된다. 구 과장의 서비스와 제품 지식을 막론하고 그를 현재 위치에 그냥 두는 것은 매년 큰 금액의 시장을 놓치는 것은 물론 많은 손실을 발생시킨다. 영업관리자가 이 문제를 직면하려고 하지 않거나 개선을 거부하는 것은 영업팀이나 회사에 큰 손실이다.

성과가 낮은 영업사원을 방치함으로써 영업관리자가 직면할 수 있는 또 하나의 잠재적인 위험은 불신감이다. 상당히 많은 시간을 성과가 낮은 영업사원을 개발하거나 교육하는데 허비하는 것은 영업팀 내의 다른 팀원들에게 나쁜 인상을 준다. 성과가 저조한 영업사원에게 많은 시간을 투자하여 만족스러운 정도까지 개선되도록 하려는 노력은 성과가 우수한 영업사원들로 하여금 자신은 별로 중요하지 않다는 느낌을 갖게 한다. 영업관리자가 항상 성과가 저조한 사람과 대화하고 그들을 세미나에 보내며, 귀여운 막내 대접을 해주는 것은 장기적으로 보면 팀에 많은 피해를 가져다주게 된다.

결론적으로 영업관리자는 반드시 누가 적임자이고 누구에게 투자를 해야 할지를 명확히 해야 한다. 능력이 안되고 의지도 없는, 성과가 없는 영업사원들에게 시간과 노력을 투자하는 것은 너무나도 비효율적인 일이다.

영업관리자에 대한 불신감을 초래하는 추가적인 문제는 성과가 낮은 영업사원과 너무 많은 시간을 보내는 경우, 성과가 좋은 영업사원들의 사기가 떨어진다는 것이다. 영업사원들은 누구나 영업관리자가 항상 자신에게 시간을 투자해야 정상적인 성과를 낼 수 있다. 영업관리자가 대부분의 시간을 성과가 낮은 영업사원을 바로잡기 위한 노력에 허비하게 된다면, 이보다 나은 성과의 영업사원들은 이에 대해 실망을 느끼게 된다. 성과가 높은 영업사원들이 영업관리자의 홀대로 인해 사기가 떨어졌을 경우 그들의 성과도 내리막길을 걸을게 뻔한 일이다.

많은 영업관리자들이 '공정성'을 강조한다. 이들은 모든 영업사원들을 다 같은 방식으로 관리해야 한다고 생각하고 편애하지 않으려 애쓴다. 그러나 성과가 높은 영업관리자들은 모든 영업사원들을 동등하게 관리하지 않는다.

실적이 낮은 영업사원을 위해 시간을 사용하는 것과 뛰어난 영업사원을 위해 시간을 사용하는 것 중 어느 것이 더 큰 성과를 가져올까? 전자를 선택하는 영업관리자들이 의외로 많다. 때로는 이렇게 반박하는 영업관리자들도 있다. "실적이 저조한 영업사원을 위해 시간을 쓰지 않으면 어떻게 그들이 개선되도록 도와줄 수 있습니까? 뛰어난 영업사원은 더 이상 가르칠 것이 없습니다."

일반적으로 이 말이 더 생산적으로 보일 수 있다. 그러나 영업관리자는 관리자가 되는 것이지 선생님이 되는 것은 아니다. 성과가 뛰어난 영업사원들은 자신을 가르쳐 줄 선생님이 아니라 청중을 좋아한다. 영업관리자의 존재 이유는 성과가 뛰어난 영업사원들이 최고의 성과를 낼 수 있도록 만드는 것이다. 성과가 뛰어난 영업사원들은 자신의 성과를 증언해 줄 증인이 필요하다. 이들은 인정에 대한 욕구가 매우 강하며, 영업관리자가 환호하고 칭찬해 주기를 기대한다.

만약 영업관리자가 대부분의 시간을 무능한 영업사원을 위해 사용한다면 성과가 뛰어난 영업사원들과 관계를 쌓기 어렵다. 이들과의 관계는 전화 통화나 메시지로 쌓을 수 있는 성격의 것이 아니다. 관계를 발전시키기 위해서 함께 시간을 보내는 것보다 더 좋은 방법이 있을까?

커뮤니케이션을 원활하게 해주는 기술이 아무리 발달했다 하더라도 인간적인 교감보다 관계 강화에 영향을 미치지는 않는다. 영업관리자의 관심과 배려는 영업사원의 실적을 평균 20% 이상 개선시킨다. 관심을 줄이면 실적도 그만큼 영향을 받는다. 물론 영업관리자는 실적이 뛰어난 영업사원과 그렇지 못한 영업사원 모두를 동일 수준만큼 실적이 개선될 수 있도록 자극할 수 있다. 그러나 회사 입장에서 보면 뛰어난 영업사원의 실적 상승이 그렇지 않은 영업사원의 상승폭 보다 훨씬 크다.

영업관리자가 사용할 수 있는 시간은 제한되어 있다. 더 많은 실적을 올리고 더 많은 보상을 받기 위해서 당신은 어디에 시간을 투자할 것인지 선택해야 한다. 평범한 영업관리자들은 많은 시간을 중간 이하의 실적을 올리는 영업사원들에게 할애한다. 다음 페이지의 그림은 성과가 높은 영업관리자가 어떻게 시간을 분배하는지를 보여준다. 이 영업관리자는 '생존자'들을 위해서는 거의 시간을 쓰지 않는다. 대부분 영업 조직들의 3분의 1, 심지어 절반 정도가 이 그룹에 속한다.

여기에 속한 영업사원들은 경험을 통해 그럭저럭 영업을 할

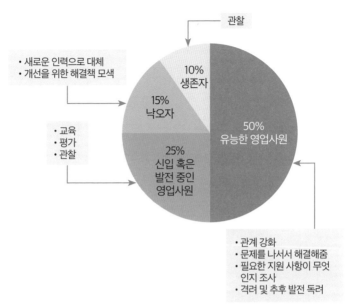

성과가 높은 영업관리자의 시간관리

관찰

10% 생존자

• 새로운 인력으로 대체
• 개선을 위한 해결책 모색

15% 낙오자

50% 유능한 영업사원

• 교육
• 평가
• 관찰

25% 신입 혹은 발전 중인 영업사원

• 관계 강화
• 문제를 나서서 해결해줌
• 필요한 지원 사항이 무엇인지 조사
• 격려 및 추후 발전 독려

출처: 벤슨 스미스(Benson Smith)·토니 루티글리아노(Tony Rutigliaano), 2003
《최고 판매를 달성하는 강점혁명Discover Your Sales Strength》

수 있을 정도의 실력을 가진 사람들이다. 그러나 더 이상은 아니며, 또 그 이상 되려고 노력하지도 않는다. 영업관리자가 시간과 자원을 이들에게 쓴다 하더라도 마찬가지다. 이들의 실적을 높이는 유일한 방법이 있다면 의무 할당 수준을 높이는 것이다.

신입 영업사원들도 영업관리자의 시간과 관심을 필요로 한다. 신입 영업사원들은 실적이 뛰어난 영업사원 다음으로 영업관리자가 시간을 투자해야 할 대상이다. 어떤 영업관리자들은 신입 영업사원들에게 자신의 영업 스타일을 심어주고 싶어 하는데, 영업성과는 개인이 가지고 있는 고유의 강점과 관련 있다는 것을 알아야 한다. 뛰어난 영업관리자는 특정한 영업 스타일을 신입 영업사원들에게 강요하지 않는다. 대신에 각자의 강점에 근거하여 가장 효과적인 영업방식을 찾도록 도와준다.

끝으로 영업관리자는 최악의 영업사원을 어떻게 대체할지 결정해야 한다. 일단 대체인력을 찾았다면 원만한 인력 교체를 위해 담당구역 조정에 시간을 투자해야 한다. 실적이 형편없는 영업사원이지만 대체할 인력이 없는 경우에는 그 영업사원이 생존자 그룹에 들어갈 수 있을 때까지 도와줘야 하지만, 많은 시간을 빼앗겨서는 안 된다.

영업관리자는 고실적 영업사원들에게 시간을 가장 많이 투자해야 하며, 이것이야말로 최대의 성과를 기대할 수 있는 투자방식이다. 그러나 고실적 영업사원 관리는 말처럼 쉬운 일이 아니다. 많은 영업관리자들이 열심히 한다. 열심히 노력하지 않고 성과가 높은 영업관리자가 될 수 없지만 시간을 어디에 써야 할지 신중하게 생각해 봐야 한다.

영업관리자가 시간과 금전을 통하여 성과가 낮은 영업사원업무에 필요한 능력이 없는 사람들한테 투자하더라도 그 결과는 별로 달라지지는 않는다. 단지 나쁜 습관만 강화시킬 뿐이다. 영업사원이 낮은 성과로 인한 책임을 추궁 받을 필요가 없음을 느낄 경우, 그는 계속해서 생산성이 없는 행동을 하게 될 것이다. 영업 관리자가 이러한 문제를 정확히 짚어주지 않는다면, 결국 자신의 처지가 상대적으로 아직은 안전함을 의미하는 강한 메시지가 돼 버린다.

영업사원으로 하여금 애써 더 높은 수준의 성과를 얻게끔 하려는 목적과는 달리 그 반대 결과가 나타나게 된다. 다른 영업사원들은 그들이 현재보다 일을 적게 해도 괜찮으며 여전히 일자리를 잃지 않을 거라는 것을 깨닫게 된다. 그렇게 되면 영업관리자의 위신은 결국 영업사원들에 의해 무너지게 되며 영업관리자는 이러한 상황에 맞서기 위한 힘든 투쟁을 해야만 한다.

실적이 저조한 영업사원은 영업관리자의 질책이 없는 상황하에서 성과에 대한 잘못된 인식을 갖게 된다. 왜냐하면 판매 수량을 늘리도록 인도해 주는 사람이 없기 때문에 자신은 자기가 지금 일을 괜찮게 해나가고 있을 것이라고 믿는 것이다. 아래의 사례를 보자.

김 이사는 규모가 큰 거래를 진행할 때마다 차 대리를 데리고 다녔다. 그러나 실지로 거의 모든 영업은 김 이사가 했다. 차 대리는 그냥 비서의 신분으로 판매 과정에 참여하고 있었다. 새로운 계약을 따오느냐 마느냐 하는 것은 전적으로 김 이사의 몫이었다.

차 대리는 자신이 응당 해야할 일을 하고 있는 것처럼 느꼈고, 변화의 필요성을 생각도 해보지 않았다. 왜냐하면 그는 시종일관 영업팀의 정상에 위치해 있었기 때문이다. 김 이사의 이러한 행동으로 인해 차 대리는 자신의 영업 수행 능력에 대한 잘못된 마인드를 굳혀가게 되었다. 영업 사원이 마땅히 감당해야 할 책임(새로운 비즈니스를 창조하는 일)은 사실상 김 이사에 의해 행해지고 있었다. 김 이사가 새로운 거래를 성사시키지 않았다면, 차 대리는 영업사원으로서 현재의 위치에 절대로 올라가지 못할 것이다.

혹시 당신도 이렇게 하고 있는 것은 아닌가? 영업관리자인 당신이 나서서 대부분의 거래를 성사시키거나 혹은 영업 거래의 중간에 들어서서 영업사원들 대신 일들을 진행하고 있지는 않은가?

성과가 낮은 영업사원에 대한 정확한 관리 방법을 찾아내기란 참 어려운 일이다. 'HPP'는 영업사원의 영업 능력에 대한 세부적인 정보를 제공하며 판매 과정의 어느 부분이 강하고 어느 부분이 개선이 필요한지를 보여준다.

대부분의 영업관리자들은 자신의 영업팀에 있는 성과가 낮은 영업사원에 대해 불평하거나 도움이 안 되는 대책을 세우는데 허비하고 있다. 왜 영업사원이 평범한 수준에 머물러 있는지 그 원인을 이해하는 것은 영업관리자에게 매우 중요한 문제다. 다음의 사례를 통해 영업관리자의 적절치 못한 처리 방식에 따라 달라진 결과에 대해 살펴보기로 하자.

김 상무는 박 대리를 해고하려고 마음먹고 있었다. 박 대리는 모든 회사 교육에 참여했고 조직에 몸담은 지 아홉 달이나 돼가고 있었다. 그러나 그 기간 동안 그는 김 상무의 기대에 한 번도 부응한 적이 없었다. 박 대리를 내보내기 전, 김 상무는 박 대리를 'HPP'로 평가해 보기로 했다. 박 대리도 동의했다. 결과는 박 대리가 영업에 중요한 인지 능력들(목표지향성, 결과 지향성, 책임감, 스스로 시작하는 능력, 거절처리, 스트레스를 다루기이 대부분 매우 낮게 나타났다.

김 상무는 박 대리가 성장하지 않는다는 걸 알고 있었지만 그 원인은 모르고 있었다. 'HPP'결과에 대한 해석 후에 김 상무는 박 대리에게 영업이 적성에 맞는지를 물어보았다. 'HPP'로 평가한 결과에 의하면, 박 대리는 김 상무가 원하는 종류의 영업사원이 될 수 있는 가능성이 있어 보이지 않았다. 박 대리는 자신의 낮은 성과를 인정하고 다른 일자리를 찾아보는데 동의했다.

김 상무는 아홉 달간의 고용 기간을 통해 충분한 근거를 수집했고 평가 과정을 통해 그걸 입증하게 되었다. 불행히도 실적이 낮은 박 대리를 채용함으로 인해 회사에 입게 된 직접적인 손실은 엄청났다. 이 손실은 영업 기회의 손실과 영업관리 시간의 허비에서 비롯된 것이며 복구가 불가능한 것이었다.

이 사례를 통해 영업 분야 지원자의 내재적인 프로파일의 확인을 통해 고실적 영업사원으로서의 가능성을 예측할 수 있다는 것을 알 수 있다. 이제는 영업관리자들이 영업사원의 문제점을 발견하기 위해 아홉 달을 기다리거나 엄청난 손실을 보지 않아도 된다. 이게 비로 'IPP'의 깅짐이다.

두 번째 사례에 대해 알아보기로 하자.

고 대리는 12개월 전에 채용되었고 한 달 후 퇴사를 앞두고 있다. 영업관리자인 박 팀장은 고 대리를 독촉하다가 포기를 하고 말았다. 고 대리는 다른 영업사원들에게도 안 좋은 영향을 끼치면서 고강도의 교육까지 받았지만 결과는 여전히 미미했다.

필자는 남은 한 달이 지나가기 전에 고 대리에게 'HPP'로 평가를 진행하여 이러한 상황에서 퇴사가 과연 최상의 선택인지를 판단해 보기로 했다. 고 대리도 동의했다.

평가 결과 고 대리는 현재 영업에 적합한 행동 유형을

가지고 있다는 것이 드러났다. 박 팀장은 평가 결과가 잘못 나온 게 아닌가는 의심을 품게 되었다. 필자는 박 팀장에게 몇 가지 간단한 질문을 했다. 그 결과 영업관리자인 박 팀장은 고 대리가 제품과 서비스에 대한 이해가 부족하다는 것을 알게 되었다.

고 대리는 회사에서 계획한 교육 프로그램에 참여는 했으나, 고객과의 약속을 잡는 일에 너무 치우친 나머지 회사에서 제공하는 제품과 서비스에 대한 지식을 터득할 기회가 적었다. 박 팀장 또한 급한 일들을 처리하느라 바쁜 나머지 고 대리와 함께 현장 동행을 나간 적이 거의 없었다. 대신 박 팀장은 팀의 최고 영업사원인 김 대리와의 현장 동행을 통해 몇 주 동안만 고 대리의 영업 과정을 관찰하도록 했던 것이다.

마지막으로, 박 팀장은 고 대리를 움직이는 원동력이 무엇인지에 대해 알고 있지 못했고, 그냥 모든 영업사원들이 돈에 의해 동기부여된다고 생각하고 있었다.

중요한 것은 영업관리자인 박 팀장이 고 대리와 함께 현장에 나가 고 대리의 영업 과정을 관찰하는 것이다. 예를 들면 모든 축구팀 코치는 자신의 팀을 매일 돌보며 사이드라인 옆에 서서 매 게임마다 팀원들을 지도해 준다. 모든 코치들, 감독들은 선수들과 함께 훈련을 하는데 시간과 금전을 투자한다. 영업사원이나 팀을 교육하고 코칭하는 것도 이와 다르지 않다. 필자는 박 팀장에게 영업관리 방법을 개선하기 위해 교육을 받도록 권장했고 그도 동의했다.

영업관리자 교육을 마친 후, 박 팀장은 고 대리를 제품 지식 따라잡기 수업에 참여시키고 영업 스킬이 숙련된 동료들과 동행하게 하여 영업 스킬의 활용도를 높이도록 했다. 다음으로 박 팀장은 고 대리와 함께 현장을 다니면서 고 대리를 관찰하는데 동의했다. 필자는 박 팀장이 고 대리의 성과를 막는 문제점들을 발견하게 될 것이며, 그 문제점들은 쉽게 해결될 것이라고 박 팀장에게 조언했다.

결과적으로, 필자가 분석을 통해서 발견하게 된 고 대리의 주요 원동력은 개인적인 관계였다. 그렇지만 고 대리는 입사한 지 불과 2주일이 지난 후부터는 홀로 해결책을 찾아야 했는데, 이점은 그로 하여금 회사에서 완전히 소외된 느낌을 갖게 했다. 고 대리가 원한 건 함께 일하는 사람들과의 커뮤니케이션이었다. 영업을 함께 뛰면서 사람들과 교류할 수 있는 시간이 필요했다는 것을 박 팀장은 인식했다.

박 팀장이 영업관리 교육을 끝마치고 그가 배운 새로운 관리 방법을 적용하는 석 달간의 과정에서 고 대리는 팀 내에서 최고 실적을 달성하게 되었다. 연말에 고 대리는 전체 회사 내에서의 연간 매출 목표 달성에 대한 수상을 하게 되었고 자신의 판매 할당량의 300%를 달성했다.

이 사례를 통해 우리는 무엇을 배울 수 있는가? 조직 내에 성과가 평범한 영업사원이 있을 때, 중요한 것은 그 표면상의 이유 말고 더 깊숙한 내부에 어떤 사연이 숨어있는지를 밝히는 것이다. 혹시 당신은 위 사례의 두 영업관리자와 같은 상황에 처해본 경험이 있는가?

영업 현장 밖에서 일어나는 일들에 대한 관찰이 없다면 영업관리자는 성공 혹은 실패의 진정한 원인을 알 길이 없다. 자신이 보는 것에만 근거하여 독단적인 판단을 한다면 많은 시행착오를 경험하게 될 것이다.

왜 영업사원이 관리자의 기대에 미치지 못하는지를 정확히 파악하는 것은 매우 중요하다. 영업사원이 회사에서 좋은 성과를 내게 된 원인을 정확히 알 수 있다면, 관련 산업 분야에서도 어떠한 자질이 요구되는지 파악할 수 있는 능력을 지니게 된다. 또한 반복적으로 수행하다 보면 영업사원을 채용하고 개발하는 데 필요한 효과적인 시스템 구축을 통해 지금 보다 훨씬 높은 성과를 기대할 수도 있을 것이다.

모든 상황이 영업사원을 해고할지 말아야 할지에 대한 선택으로 결말을 봐야 하는 것은 아니다. 특정 영업사원의 실적이 좋지 못한 것은 단지 그가 당신 조직에서의 영업직에 적합하지 않음을 의미할 뿐이며, 다른 역할이 주어진다면 훌륭한 성과를 이룰 수도 있을 것이다. 고실적 영업사원에게 적합한 지배 가치를 가지고 있지만 영업에 익숙하지 못한 사람들은 다른 업무에 배치하는 것이 효과적이다.

'HPP'는 당신의 영업사원을 고실적자로 이끌어줄 수 있다. 낮은 성과를 해결하는 관건은, 왜 한 사람이 해당 역할에서 성과가 없는지 그 원인을 명확히 파악하는 것이다. 어떠한 특성이 훌륭한 영업사원을 만드는지를 알아야 그 지식을 사용하여 훌륭한 영업팀을 구성할 수 있다.

네모 못이 둥근 구멍에 들어맞지 않는다는 것은 명백한 사실이다. 그러나 그전에 먼저 그 못이 진짜로 네모난 것인지를 확인해야 한다. 그러자면 그게 보기에는 왜 네모난지를 이해해야 하며, 해머로 그 못을 둥근 구멍에 박아 넣으려고 내리칠 때 과연 정확한 도구를 사용하고 있는지에 대해서도 확인해 봐야 한다. 혹시 그 못은 둥근 못이 맞을 수도 있지만 철저히 검증해 보기 전에는 그 사실을 알지 못할 것이다.

영업사원 성과좋거나 혹은 나쁘거나의 근본 원인을 찾아내게 된다면 문제의 영업사원과 나머지 영업사원들을 성공적으로 잘 관리할 수 있는 효과적인 방법을 찾게 될 것이다.

필자가 여러 번 강조했듯이 'HPP'는 단지 평가 도구로만 사용해서는 성과를 발휘하지 못한다. 영업관리자, 영업지원자 혹은 기존의 영업 팀원들의 능력, 그리고 영업사원의 성과 사이의 모든 관계에 있어서 어떻게 작용하는지를 아는 것이 중요하다.

HIGH

PERFORMER

PROFILE

PART **2**

어떻게
고실적자를
육성할 것인가?

CHAPTER 9

팀원들에 대해 제대로 파악하고 지원하라

각각의 영업사원에게 어떻게 리더십을 발휘하는 것이 효과적인지를 이해하게 되면, 팀을 효과적으로 이끌어 갈 수 있다. 이 책을 여기까지 읽었다면, 당신이 그동안 생각했던 것보다 훨씬 더 많은 문제점들이 당신을 기다리고 있다는 걸 알게 되었을 것이다.

그렇다 하더라도 영업관리자로서 당신이 그 사안들에 대해 잘 처리하지 못할 수도 있다. 왜냐하면, 당신이 정보를 더 많이 알고 있다고 해서 훌륭한 영업사원을 얻을 수 있는 것은 아니기 때문이다. 영업관리자의 역할은 가장 어려운 역할 중의 하나다. 영업관리자는 업계의 발전 동향, 새로운 경쟁자들에 대해 잘 알고 있어야 할 뿐만 아니라 영업사원들을 모니터링하고 성장시켜야 한다.

영업실적 보고서에 나와 있는 높고 낮은 성과들을 그냥 생각 없이 보기보다는 정확히 그 결과를 초래한 원인을 파악할 수 있어야 한다. 개개인의 영업사원이 왜 현재의 상태인지에 대한, 보다 정확하고 포괄적인 평가를 진행하는 것은 당신에게 엄청난 이득을 가져다줄 것이며, 반복 가능한 성공 공식을 만들어 낼 수 있도록 해준다.

성과가 낮은 영업사원들이 어떻게, 왜, 그리고, 언제 최대의 능력을 발휘할 수 있는지에 대한 철저한 분석을 진행함으로써 지속적으로 높은 성과를 얻을 수 있게 된다. 그렇지 않고서야 무엇 때문에 팀 내에서 최고 영업사원, 평범한 영업사원 그리고 저성과 영업사원에 대한 원인을 제대로 알 필요가 있겠는가?

성공과 실패의 공통적인 원인은 영업사원 자신과 영업관리자가 팀원들의 각기 다른 자질들을 어느 정도로 잘 활용할 수 있는가에 달려있다. 어느 팀에나 훌륭한 결정을 내리기 위해서는 팀원의 강점과 약점을 잘 알고 있는 팀 리더가 필요하다.

건설 현장 책임자가 하청 업체 사람들과 함께 새로 마련된 부지에 서서 "좋습니다, 우리 함께 힘을 합쳐서 모두가 보람을 느낄 수 있는 건물을 지읍시다"라고 한 마디 던지고는 떠나가 버렸다고 가정하자. 최종 건축물이 원하던 건물과 닮았을 수는 있으나 살만한 집일까? 책임자가 현장에 머물면서 집이 세워지는 과정을 매일 지켜보고 문제점들이 생기는 족족 지적해 주었다면, 다 짓고 난 다음에 기초 공사 시에 생긴 문제를 개선해야 하는 건물보다 훨씬 더 튼튼한 건축물이 되지 않겠는가.

이와 같이 개개인에 대해 상시적인 관찰을 진행한다면 영업팀을 이끌면서 최상의 결과를 얻을 수 있을 것이다. 영업관리자는 매번 최선의 선택을 하기 위해 팀원들을 항상 관찰해야 한다는 점은 알고 있겠지만, 줄곧 잔소리처럼 튀어나오는 다음의 질문들에 대해 어떻게 대답을 해야 할지는 알고 있어야 한다.

"왜 그는 그렇게 할까?"

"그녀는 왜 매 번의 판매마다 가격 할인을 하는가?"

"왜 그는 전화를 더 많이 하지 않을까?"

"왜 그녀는 후속 조치를 통해 일을 진행시켜 나가지 못하는가?"

"왜 그들은 동기가 부족한가?"

"왜 그들은 더 많이 팔지 못할까?"

팀 내 영업사원들에 대해 지속적인 관찰을 통해 제대로 파악하고 그들의 장단점을 어떻게 활용해야 할지를 알았다면, 그다음은 비전을 제시할 줄 알아야 한다. 그렇지 못하면 진정으로 강한 영업팀을 영원히 만들지 못할 수도 있다.

영업관리자는 조직 문화를 이끌고 그 방법을 모색해야 한다. 영업관리자는 비전이 무엇인지를 알고 그 비전을 수행해나가며, 비전에 대해 서로 소통하며 비전의 실현을 위한 전략을 수립해야 한다. 이 점은 영업관리자가 해야 할 가장 중요한 역할이다.

명확한 비전이 없는 회사는 단기적인 결론에 의존할 수밖에 없다. 제한된 시각으로 사물을 보게 되면 바로 앞에 있는 것밖에 보지 못하게 된다. 그러나 비전을 명확히 하고 자신의 팀원들에게 실명해 주기 시작하는 순간부터 성공은 한 발짝 가까이 다가온다. 비전을 팀과 완전히 일치시키기 위해 영업관리자는 반드시 팀원들에 대해 정확히 알아야 한다.

팀에 있는 각각의 영업사원들은 서로가 다 틀리다. 모든 영업사원들을 대하는 방법이 한 가지밖에 없다면, 각자 다양한 특성을 가진 아이들을 똑같은 방법으로 교육하려는 부모와 다를 게 없다. 영업관리자가 영업사원들에 대해 출생부터 현재까지의 모든 것에 대해 알 수는 없다. 따라서 많은 노력을 들여 그들의 외적인 면과 내적인 면을 이해해야 한다. 영업사원에 대한 이러한 파악이 없다면 그들이 효과적으로 성장하고 발전할 수 있는 상황을 만들어가기는 어렵다. 영업관리자가 영업사원에 대한 깊은 수준의 이해가 있게 되면 팀원들을 단순하게 누구나 동일하게 관리하는 것을 피할 수 있게 된다.

영업관리자들은 대부분의 시간을 성장에 별 연관성이 없는 그룹을 관리하는 일에 허비한다. 대다수의 경우 그들은 능동적인 전략을 실행해 나가 만족스러운 결과를 얻는 대신, 지속적으로 발생하는 동일한 문제를 관리하거나 급한 불 끄기로 시간을 보내게 된다.

코치가 선수들과 함께 훈련하며 관찰하고 피드백을 주며 지지해 주는 것처럼, 영업관리자는 영업사원들을 관찰하고 실습을 지도하며 롤 모델을 제공하고 피드백을 제공하며, 성장을 위한 적극적인 환경을 만들어주어야 한다. 당신은 어떤가? 당신은 당신의 영업사원들을 관리하고, 지도해 주며 피드백을 주고 발전시키고 있는가 아니면 그냥 책상 뒤에서 관리만 하고 있는가?

결론적으로 영업관리자의 역할은 회사의 목표에 부합되는 결정을 하는 것이다. 영업관리자는 어느 영업사원이 특정된 분야에 적합한지를 결정해야 하고, 성과가 낮은 사원들의 책임을 물어야 한다. 또 어떤 종류의 교육을 해야만 개선이 가능한지를 결정해야 한다. 필요한 사람에게 필요한 교육을 하는 것이 중요하다.

이러한 힘든 결정을 하는 것은 영업관리자의 일이지만 제한된 정보만 가지고는 이러한 결정을 제대로 내리기는 쉽지 않다. 문제의 원인에 대해 명확하게 파악하지 못할 때, 특정 행동을 취하는 것이 옳은 선택일까? 그것이 한 명의 영업사원을 해고하는 결정이든, 필요한 교육의 종류를 결정짓는 일이든, 단순한 관찰과 영업실적 보고서에 근거하여 얻은 평면적인 정보에 기초한다면 문제를 잘못 진단하기 십상이다.

'비전을 정하고', '팀을 이해하며', '팀을 지도하고', '최적의 결정을 내리는' 영업관리자의 이 네 가지 역할은 당신 팀이 성과를 내는데 필수적이다. 영업관리자가 이러한 역할을 해야 한다는 것은 분명하나 쉽지 않은 일이다. 그것은 결정을 짓는데 필요한 정보가 부족하기 때문이다.

'HPP'가 비록 회사의 비전을 설정하는 데 도움을 주지는 못하지만, 다른 세 가지 영역팀을 이해하고, 이끌고, 명확한 결정을 내리고에서 영업관리자에게 큰 도움을 제공해 줄 것이다.

그럼 그 영역에 대해 살펴보자.

팀을 이해하라

영업관리자는 자신이 누구이며 누가 자신을 위해 일하는지에 대해 반드시 알고 있어야 한다. 보고서에 있는 수치들이 영업사원 행동 개선에 필요한 모든 데이터들을 제공하지는 못한다. 'HPP'는 영업관리자가 현장 관찰을 통해 얻을 수 없는 추가적인 정보를 제공해 준다. 대부분의 경우 영업관리자가 영업사원들을 대상으로 시도하는 것들은 그들이 달성하고자 하는 목적과 모순되는 경우가 많다. 이를 증명하는 한 사례를 살펴보자.

박 부장은 열두 명의 영업사원들과 함께 일하는 영업관리자였다. 그는 자신의 영업팀 구성원들과 친구처럼 지냈다. 영업사원들이 그에게 의견을 묻거나 조언을 요청할 때 가장 행복했다. 영업사원인 황 대리는 이 책에서 말하는 'HPP'의 '실천가'와 '달변가'의 프로필을 가지고 있었으며, 높은 정치적, 경제적 지배 가치를 가지고 있는 사람이었다. 황 대리는 최대한 많은 돈을 벌려고 했다. 그는 자신의 분야를 침범하는 사람이 없기를 원했다.

박 부장의 영업관리 스타일은 황 대리에게 너무 사적이고 거리가 없는 것처럼 느껴졌다. 황 대리는 박 부장이 너무 가까이에서 자신을 주시하고 있으며, 자질구레한 구석까지 관여하려 드는 느낌이 들었다. 황 대리는 혼자 주도적으로 비즈니스를 추진하는 것을 좋아했다. 그의 철학은 "나한테 필요한 것만 주면 결과물을 가져올 것이다"였다. 그는 사람들과 어울리는 것을 꺼려 하지 않았지만 단지 고객이 될 가능성이 있는 사람들에 한해서였다.

박 부장은 황 대리가 자신과 가깝게 지내는 것을 원하

지 않는다는 것을 인식하지 못했다. 황 대리는 박 부장을 좋아하기는 했지만 자신의 직장 동료 혹은 상사와의 개인적인 관계를 원하지는 않았다. 황 대리의 이런 면은 어느 면에서 보나 나쁜 일은 아니다. 단지 그의 성격을 설명할 따름이었다.

그는 박 부장이 자신을 보다 독립적이고 주도적으로 일할 수 있도록 내버려 두길 원했다. 그는 혼자이기를 원했고, 도움이 필요할 때에만 박 부장에게 요청을 했다. 황 대리의 이러한 행동으로 인해 박 부장은 황 대리가 거리감이 있고, 피드백이 없으며 다른 팀원처럼 행동하지 않는다고 생각했다.

이 사례는 황 대리가 아닌, 박 부장이 원하는 데서 비롯된 것이었다. 사실상 박 부장은 단지 황 대리가 무엇에 의해 동기부여되는지 모를 뿐이었고, 황 대리에게서 최상의 결과를 얻으려는 목적으로 잘못된 접근 방식을 취했을 뿐이다. 박 부장이 황 대리의 지배 가치나 상황에 대해 관찰하고 'HPP' 모델을 사용하여 관리를 했었더라면 최고 영업사원을 갖게 되었을 것이다. 그러나 자신의 주관적인 사고에 빠진 나머지 황 대리로 하여금 조직을 떠나게 했다.

김 주임은 박 부장의 팀에 있는 다른 한 명의 영업사원으로, 달변가 행동 유형을 가지고 있었으며, 자신의 동료들과 고객들과의 개인적인 관계에 대한 강렬한 염원을 가지고 있었다. 그는 잠재적인 고객과 동료들과 서로 연계되는 것을 좋아했다. 그와 박 부장은 자주 고객이나 영업방식에 관한 긴 대화 시간을 가졌고, 가정생활과 운동 면에서도 마찬가지였다. 김 주임과 박 부장 둘 다 같은 일 즉 동료들과 개인적인 관계를 형성하는 데 대해 흥미를 가지고 있었다.

김 주임과 황 대리는 둘 다 아주 훌륭한 영업역량을 가지고 있었으며 계약을 많이 성사시켰다. 그러나 박 부장은 두 영업사원의 내면적인 요소에 대해 인식하지 못했다. 그는 늘 김 주임이 황 대리 보다 나은 영업사원이라는 느낌이 들었다. 황 대리는 단순히 사람들과의 관계보다 다른 일에 흥미를 가지고 있는 것일 뿐이라는 점을 알게 된 후 박 부장은 황 대리와 보다 나은 관계를 가질 수 있었음을 깨닫게 되었다. 불행히도 그는 이 점을 너무 늦게 알았다.

'HPP'를 사용하여 영업사원에 대해 보다 깊은 이해를 가지게 되면, 팀 내의 다양한 영업사원들에 대한 접근 방식을 개선할 수 있다. 따라서 영업관리자가 구성원들에 대한 'HPP'를 가지고 있는 것은 자신의 팀과 교류할 때 유용한 도구가 된다.

자기 자신이 다른 사람들과 교류하는데 관심이 있다는 걸 알게 되고 그들과 연결되고 싶은 욕구를 알게 되었을 때, 박 부장은 자신의 어떤 영업사원들은 그 접근 방법을 좋아했고 어떤 사원들은 싫어한다는 것을 알게 되었다. 이 차이점을 인식한 후부터 각각의 영입사원의 프로파일을 평가하는 목적이 분명해졌고 프로파일에 근거하여 접근 방식을 달리할 수 있었다.

팀을 지도하라

'HPP'를 통해 각각의 영업사원을 이해하게 되면 구성원들을 효율적으로 지원할 수 있다. 많은 영업관리자들이 비효율적인 방법으로 영업사원들을 개선하려 한다. 'HPP'는 각 영업사원별로 무엇이 강점이고 발전 가능한 영역인지를 외재적, 내재적인 척도를 통해 알려준다.

영업관리자가 정확한 문제가 무엇인지를 모르는 상황에서 영업사원의 개선점을 단정할 때 효율성이 떨어진다. 많은 영업관리자들이 단순히 실적이 낮은 달의 결과만 보고 영업사원이 제대로 하지 못했다고 단언해버린다. 'HPP'는 한 달이라는 시간적 틀에 한정되어 있는 것이 아니다.

잠재고객을 발견하는 기술이 약한 영업사원은 매달 그 부족한 점을 개선하지 못한 채 영업활동을 계속한다. 거절을 제대로 다루지 못하는 영업사원은 운이 좋아 최고 실적을 달성했다 하더라도 거절 처리능력이 별로 나아지지는 않는다.

'HPP'는 영업사원들이 어떤 부분에서 개발이 필요한지를 정확히 보여준다. 예를 들면 어떤 영업사원들은 효과적인 질문을 하거나 스트레스를 효과적으로 관리하는 방법을 배워야 할 필요가 있다. 또한 영업사원들은 'HPP'를 이해함으로써 자신의 행동 유형을 어떻게 고쳐야 잠재고객들의 신뢰를 더 많이 얻을 수 있는지를 알 수 있다.

다음의 사례를 통해 그 방법을 알아보자.

김 대리에 대한 이 부장의 기대는 컸다. 그녀는 대인 관계에 능했고 잠재고객들을 온화하게 대했다. 그러나 목표를 달성하지는 못했다. 이 부장은 그녀가 팀에서 최고의 실적을 달성할 거라고 예견했지만 그 예견은 빗나갔다. 매월 김 대리는 기대했던 것보다 더 많은 전화를 했다.

이 부장이 'HPP'로 평가한 결과 김 대리는 강한 '실천가'와 '달변가'의 행동 유형을 가지고 있었으며 그로 인해 그녀가 넘치는 에너지, 그리고 매력적이고 설득력 있으며 적극적인 최고 영업사원인 것처럼 보였던 것이다.

그러나 영업 스킬에서 김 대리는 영업 프로세스 중 고객의 니즈 파악 단계에 문제가 있었다. 김 대리는 성격은 아주 좋았으나 남의 말을 청취하는데 약하고, 자신과 자신의 역할에 대한 자신감이 부족했다. 또한 잠재고객의 니즈를 파악하기 위한 질문을 거의 하지 않았다. 영업의 마무리 단계에서 그녀는 아주 적은 정보를 가지고 클로징 했다. 그녀가 더 많은 질문들을 하고 영업 과정에 보다 자신감이 넘쳤더라면 상황은 달라졌을 것이다.

그녀가 판매에 실패하는 원인은 매번 똑같았다. 비록 그녀는 시작은 아주 좋았지만 잠재고객으로 하여금 최종 사인을 하게 하는데 너무 다급했다. 그녀의 자신감 결핍과 질문, 그리고 경청 스킬의 부족함으로 인해 관련 없는 질문을 하게 되며, 이로 인해 잠재고객의 문제점에 대한 충분한 정보를 찾아내는데 실패하곤 했다. 이러한 것들로 인해 영업관리자의 기대에 미치지 못했다.

다행히도 이 부장은 필자에게 'HPP'로 김 대리를 평가해달라고 부탁했다. 이 부장은 그녀의 발전 가능성이, 질문과 경청 스킬 그리고 자신감 수립에 있다는 것을 인식하였다. 필자는 관찰한 문제들을 김 대리에게 피드백 했고 자아인식, 질문과 경청 스킬, 그리고 자신감 수립 전략에 관한 코칭을 제공해 주었다.

김 대리는 긴 시간의 교육을 통해 질문과 경청 스킬에 대해 보완했다. 이를 통해 자신감 또한 높아졌다. 추가적으로 필자는 'HPP'를 통해 얻은 정보로 김 대리가 목표 실적에 도달할 수 있도록 도와주었다. 코칭 과정이 끝난 후 김 대리의 거래 성사율은 현저하게 향상되었다.

이 부장은 시간과 자원을 아주 슬기롭게 투자했다. 그는 김 대리의 특정 발전 영역에 관한 필자의 객관적인 피드백에 기초하여 영업사원들을 지도했다. 이 부장은 김 대리가 결국 자신의 목표에 도달한 것에 대해 매우 기뻐했다.

만약 이 부장이 김 대리의 특정한 개선 영역에 효과가 없는 다른 방법을 사용하였더라면, 그 결과는 김 대리나 회사에 별로 도움이 안 되었을 것이다. 따라서 'HPP'의 응용을 통하여 불확실하거나 혹은 잘못된 교육으로 낭비되는 시간과 금전의 손실을 피할 수 있었다.

최적의 결정 내리기

영업관리자로서 가장 힘든 부분이 회사와 영업사원 모두에게 가장 적합한 결정을 하는 것이다. 많은 영업관리자들이 영업지원자가 잘 해낼지 못해낼지 혹은, 기존의 영업사원이 왜 잘못하는지에 대한 충분히 분석 없이 현상만 가지고 관리한다.

성공과 실패의 근본적인 원인에 대한 이해가 없이 행해진 선택은 개인이나 조직 모두에게 위험하다. 최적의 답안으로 보였던 것이 예견치 못한 실패를 초래할 수 있다. 이런 면에서 'HPP'는 영업관리자들로 하여금 X-ray 사진 같은 역할을 해준다.

영업관리자들에게 가장 어려운 질문은 "실적이 낮은 영업사원을 어떻게 할 것인가?"이다. 즉, '구제'가 가능한가 불가능한가이다. 특정 영업사원에 대한 평가가 긍정적이든 부정적이든 'HPP'는 그 사람을 발전시키기 위해 무엇을 해야 할지 방향을 가리켜 줄 것이다.

앞 장에서 업급했던 두 사례를 다시 살펴보자. 한 영업사원박 대리은 영업이라는 직업에 적합하지 않았고, 다른 하나고 대리는 매칭이 잘못된 것으로 보였으나 실지로 고실적의 영업사원이었다. 두 가지 상황 다 가장 좋은 결과로 끝났다. 그러나 'HPP'모델이 아니었더라면 결과는 단지 평면적인 정보에 의존할 수밖에 없었을 것이다.

영업관리자가 'HPP'를 활용할 때, 채용 시 의사결정이 쉬워질 뿐만 아니라, 동시에 현재 팀 구성원들의 개발을 위한 코칭에도 신뢰성 있는 결과를 가져다줄 것이다. 한 영업사원에 대한 단순한 결정구제 불가 or 가능을 하는 대신에, 'HPP'를 활용함으로써 문제가 다시 발생하기 전에 먼저 예방할 수 있게 된다. 다음의 사례를 통해 'HPP'의 효과성에 대해 알아보자.

김 상무는 비윤리적인 행동을 저지른 한 영업사원을 해고하게 되었다. 그 전에 김 상무는 그 영업사원에게 'HPP'에 대한 평가를 요청했다. 그 결과 이 영업사원의 가치 우선순위 중에 '규칙'과 관련된 것이 아주 낮은 수준으로 드러났다. 이는 규칙, 정책 등에 별로 신경을 쓰지 않았음을 의미한다.

이 영업사원은 입사 면접 시 매우 훌륭했고 김 상무는 그를 많이 신뢰했다. TO를 채우기 위해 김 상무는 그를 고용했으나 여러 달이 지난 후, 그 영업사원이 규칙을 지키려는 마음이 전혀 없음을 알게 되었다.

김 상무는 영업사원 대신 사과를 해야 하는 일이 발생했고, 어떤 걸 해야 하고 어떤 걸 하지 말아야 할지에 대해 그에게 경고했다. 이 사건은 엄중한 문제를 불러일으켰고 나중에 김 상무는 해고를 고민하기에 이르렀다.

'HPP'의 내용을 학습한 후 김 상무는 '규칙'에 대한 가치 수준이 낮은 영업사원에 대해 견제를 함과 동시에 그 자리를 채우기 위해 영업사원을 다시 모집했다. 이번에는 다섯 명의 지원자들을 고용하기 전에 'HPP'로 평가했다.

각각의 지원자는 '실천가', '말 잘하는 사람'의 행동 유형을 가지고 있었지만, 그중의 두 사람은 가치 면에서 '규칙'이 아주 낮은 점수를 얻었다. 비록 둘 다 마음에 들었고 초기 면접 후 최고 적임자라고 판단했지만, 결정을 짓기 전에 더 관찰을 해보기로 했다. 김 상무는 주저 없이 짧은 면접으로만 판단할 것이 아니라 회사의 장기적인 이익에 부합되는 사람이어야 한다는 생각을 하게 됐다.

그가 만약 자신의 전 경험과 'HPP'를 응용하지 않았더라면 어떤 특성의 시원자를 피해야 할지에 대해 몰랐을 것이며 그로 인해 큰 낭패를 볼 수도 있었을지도 모른다.

다시 말하지만, 'HPP'는 면접, 경력 체크와 함께 전체 채용 프로세스의 1/3에 지나지 않는다. 그러나 이 세 가지 모두가 중요하며 각 부분은 다른 부분이 제공할 수 없는 정보를 제공한다. 경력 체크는 면접을 통해서 얻을 수 있지만 'HPP'를 통해서 얻을 수 없는 것을 알려준다. 또한 'HPP'는 다른 두 가지가 알려주지 못하는 사실들에 대해 알려준다. 이 세 가지 방법을 다 응용해서 얻을 수 있는 최대한의 정보를 종합해서 최적의 채용 결정을 해야 한다.

영업관리자는 항상 힘든 결정을 해야 하지만 통찰력을 제공하고 시행착오를 줄여주는 'HPP'를 무시하고 독단적으로 결정할 이유는 없다. 신규채용 혹은 기존의 영업사원 코칭 시에 'HPP'를 사용하면 어떤 사람을 채용해야 하며 어떻게 코칭 해야 하는지를 동시에 알려준다.

영업관리자의 역할은 이론적으로는 아주 간단하나 현실에서는 많은 어려움에 직면하게 된다. 'HPP'의 장점을 잘 활용하면 영업관리자가 문제에 부딪쳤을 때 큰 도움을 받을 수 있다. 그렇지 않으면 '왜 원하는 대로 돼 가는 일이 하나도 없는지'를 고민해야 할지도 모른다.

CHAPTER 10

기존의 영업사원들은 어떻게 할 것인가?

'HPP'의 효과를 알게 된 영업관리자는 "내가 데리고 있는 영업사원들을 어떻게 할 것인가?"라는 간단하지만 매우 어려운 문제에 직면할 것이다.

영업팀 내 영업사원들의 실적을 극대화하는 것은 영업관리자의 몫이다. 그러나 문제는 똑같은 한 가지 방법으로 모든 영업사원의 문제를 해결할 수 없다는 것이다. 팀의 모든 팀원이 각자 다 개인적이고 유일하므로 팀원들에게 존재하는 문제점들 또한 다양하다. 따라서 해결 방법 또한 개별적이어야 할 필요가 있다.

대부분의 영업관리자들이 누가 최고의 실적을 내고 있고, 누가 최저의 실적을 내는지에 대해서는 잘 알고 있다. 아울러 영업사원들이 각자 적정한 실적을 유지하고 있지만 조금 더 실적을 올렸으면 하는 바람이 항상 있다. 그러나 그러기 위해서 어떠한 대가가 필요한지에 대해서는 명확하게 인식하지 못한다.

필자는 'HPP'를 통한 영업사원 개개인에 적합한 코칭 계획을 권장한다. 왜냐하면 이 모델은 영업사원 개인에 대한 포괄적인 평가로 영업사원의 스킬과 행동을 측정할 뿐만 아니라, '왜 영업사원의 성과가 좋지 못한지', 그리고 '어떻게 문제를 해결하는지'에 대해 분석과 방향을 제시해 주기 때문이다.

모든 영업사원들이 다 영업직에 적합한 것은 아니지만, 영업관리자가 보다 더 관심을 가져야 하는 것은 어떻게 현재의 영업팀으로 하여금 높은 실적, 보다 큰 이윤, 충성스러운 고객, 지속적인 거래 성사, 그리고 낮은 거래회전율을 달성할 수 있는가 하는 것이다.

영업 스킬은 가르칠 수 있는 영역이다. 영업사원이 정확한 질문을 하는데 약하다면 정확한 질문을 하는데 관한 영업 스킬 교육이 효과적이다. 영업 스킬의 다른 어떤 영역에도 마찬가지다. 많은 영업사원들이 부딪치는 문제는 영업 스킬에 관한 것이 아니라 행동 유형, 인지 능력의 부족 혹은 역할과의 지배 가치의 충돌이다. 이런 영역의 문제들은 그리 보완하기가 쉽지 않다.

행동의 수정

영업사원이 행동 유형에 대한 이해가 없으면 서로 다른 유형의 잠재고객, 일반 고객을 대할 때 자신들의 행동을 어떻게 해야 할지 모르게 된다.

예를 들면, '실천가' 행동 유형의 영업사원이 잠재고객한테 물건을 팔 때 '컨트롤러' 행동 유형으로 팔려고 시도한다고 하자. 접근 방식의 개선 없이는 결과는 거의 재난 수준일지도 모른다. '실천가'는 높은 에너지를 가지고 있고 결과 지향적이며 주도적이지만, '컨트롤러'형은 에너지가 낮고 과정 지향적이며 보수적이다.

'실천가'형 영업사원은 잠재고객들한테 부담을 주게 될 것이고, 그 잠재고객은 불평하거나 구매를 거절할 것이다. 행동적으로 '실천가'와 '컨트롤러'는 서로를 향한 최소의 공통점을 가지고 있다. 공격적인 영업사원이 만약 자신의 행동 유형을 일부 수정하여 침착하게 세부적인 구매 과정에 세심하게 주의를 기울이고 인내심을 발휘한다면, 보수적인 구매자들로부터 긍정적인 반응을 받게 됨은 물론 더 좋은 기회들을 갖게 될 것이다.

해결방안은 행동 유형에 대한 충분한 이해와 영업사원들이 개별 고객들과 접촉할 때, 어떻게 이런 정보를 이용해야 하는지 이해하는 것이다. 2장에서 언급한 네 가지 서로 다른 행동 유형에 대한 완전한 지식이 없으면 영업사원은 전화를 받거나 잠재고객들을 만날 때 어려움에 처하게 된다.

'HPP'를 활용해 영업관리자들은 개별 영업사원들의 행동 유형을 판단할 수 있고, 그 정보를 이용하여 사전에 미리 실패할 가능성이 높은 영업활동들을 재구성할 수 있다. 각각의 행동 유형의 기본 구성요소가 설명됐으면, 영업관리자와 영업사원들은 성사시키지 못한 판매를 다시 복귀하면서 실패의 구체적인 원인을 명확히 밝혀낼 수 있다. 원인을 알게 되면 다음 영업활동 기회를 위한 성공적인 개선방안을 도출할 수 있다.

이 'HPP'는 영업사원 자신의 행동 유형을 더욱 구체화시킨다. 이는 영업사원들이 어떻게 행동할지에 대한 가장 큰 가능성을 보여주며, 그렇게 되면 그들은 이 네 가지 행동 유형의 특성에 기초하여 다른 사람들의 행동 유형에 대하여 인식하기 시작한다.

자신의 스타일과 접촉하게 될 사람들의 행동 유형을 알게 되면, 잠재고객을 대할 때 자신의 행동을 수정하는 데 도움이 될 것이며 고객과 더 좋은 관계를 맺을 수 있다. 영업사원이 자신의 행동을 수정하게 되면 자신의 분야에서 잠재고객들을 만날 수 있는 확률이 훨씬 더 많아진다.

부담스럽지 않은 방법으로 잠재고객한테 접근하는 것은 성과에 결정적일 수 있다. 잠재고객들을 처음으로 만날 경우 영업사원은 에너지가 너무 넘치거나 너무 낮아도 안되고, 너무 공식적이거나 비공식적이어서도 안 된다. 중립적인 방식으로 접근을 시도하게 되면 잠재고객과의 불필요한 갈등을 예방할 수 있다. 영업사원들이 열정만 가지고 물건을 팔려고 할 경우 잠재고객들과 멀어지게 된다. 반면, 중립적인 방법으로 접근하게 되면 잠재고객이 세부적인 대화에 더 관심을 보이고 있는지, 혹은 거래에서 직접 본론으로 들어가는 것을 원하고 있는지 판단한 후 그에 맞게 대응할 수 있다.

이와 같이 영업관리자가 영업사원들의 행동이 판매기회를 잃게 되는 원인이라는 것을 깨닫게 될 경우, 해당 영업사원의 행동 유형을 코칭해 줄 수 있다.

행동 유형에 대한 지식은 회사 내부에서도 도움이 된다. 많은 영업관리자들이 필자에게 왜 자기들 영업팀의 영업사원들이 고객서비스 부서나 재무 부서와 잘 지내지 못하는지 하소연하는 경우가 많다. 누구나 독특한 스타일을 가지고 있다는 사실은 누구에게나 서로 다른 스타일로 대해야 효과적이라는 것을 의미하며, 이는 조직 내부에서도 마찬가지이다.

새로운 고객을 지속적으로 늘려나가는 성공적인 영업사원들은 전형적으로 강한 '실천가'와 '달변가' 행동 유형을 가지고 있는 반면에 고객서비스와 재무 부서의 직원들은 일반적으로 강한 '천천히 걷는 사람'과 '컨트롤러' 행동 유형을 가지고 있는 게 특징이다. 영업사원들이 다른 이런 부서의 직원들과 커뮤니케이

선이 필요할 때 행동 유형에 관한 지식을 활용하면, 효율성을 극대화시키고 갈등을 완화시킬 수 있다.

갑자기 사무실에 들어와 두서없는 정보를 거침없이 떠들어 대는 영업사원들은 다른 부서 사람들의 행동 유형에 보조를 맞춰 말의 속도를 늦추고, 합리적이고 조심스럽게 경청하는 것이 바람직하다.

필자는 재무부서 여성과 마찰이 잦은 영업사원을 코칭한 적이 있다. 재무부서 여성은 지배적인 '컨트롤러' 스타일이었고 영업사원은 '실천가' 스타일이었다.

이 두 사람의 에너지 레벨은 완전히 정반대였다. 영업사원은 처음부터 커뮤니케이션에 문제가 있었지만, 그것을 인식하지 못하고 그녀와 불편한 관계가 되었다. 영업사원은 그녀의 사무실로 들어가서는 그녀를 내려다보면서 그녀의 컴퓨터 화면에 있는 아이템들을 지적하면서 설명해 보라고 했다. 그녀는 영업사원의 이러한 태도를 매우 기분 나빠했다.

코칭을 통해 어떻게 영업사원의 행동을 조정할 것인가에 대하여 배운 후, 두 사람의 관계는 개선되었다. 영업사원은 그녀의 사무실로 들어가서 의자에 차분히 앉았다. 그러자 두 가지 일이 발생했다. 첫 번째는, 영업사원이 앉아 있었고 느긋해졌기 때문에 그의 에너지 레벨이 그녀의 에너지 레벨에 맞춰 내려갔다.

다음으로는, 그가 서서 더 이상 그녀를 내려다보는 일은 없었다. 두 번째는 서로 눈과 눈을 마주치면서 안정감과 함께 동등한 수준에 있는 것이다.

이 간단한 행동 변화로 좋은 효과를 보게 되었고, 결과적으로 영업사원은 업무에서 더 많은 것을 이룰 수 있었으며 서로 협조적인 관계를 형성할 수 있었다.

이와 같이 행동 개선을 통해 영업사원들이 더 좋은 성과를 거둘 수 있도록 도와줄 수 있다. 그렇지 않으면 영업관리자들은 영업사원들로부터 끊임없이 다른 잠재고객들이 왜 물건을 사지 않았는지에 대한 초라한 변명을 들어야 할지도 모른다.

거절을 다루기 : 인지 능력의 이슈

거절을 다루는 능력은 모든 영업사원들이 직면하게 되는 큰 도전 중 하나이다. 영업 분야 지원자 면접 과정에서 이 부분에 대한 확인은 거의 불가능하다.

'실천가'나 '달변가' 유형의 영업사원은 거절에 대하여 전혀 두려움이 없어 보일지는 모르지만, 거절을 다루는 것은 행동 유형보다는 인지 능력에 해당한다. 즉, 특정 상황에 대한 명석한 대응체계다. 성과를 내지 못하는 영업사원이 이런 이슈를 가지고 있다 하더라도, 영업관리자가 이 문제의 원인을 명확하게 파악하지 못할 수도 있다. 이런 상황이라면 영업사원들은 전화를 하거나 새로운 잠재고객들과 관계를 형성하기를 주저하게 될 것이다.

불행하게도 영업사원들은 대부분의 경우에 표면적으로 행동 유형는 자신감과 열정을 보여주기 때문에, 영업관리자들은 영업사원들이 고객의 거절을 다루는 데서 오는 불편함이 외면과 내면의 불일치에서 발생한다는 것을 알지 못한다. 이는 영업사원들 사이에서 아주 흔히 발생하는 이슈임에도 불구하고 영업관리자가 이런 이슈를 다루는 것은 쉽지 않은 일이다. 영업관리자의 코칭 의지와 영업사원의 개선 의지 둘 다 있어야 이 문제를 이겨낼 수 있다.

영업사원이 가망고객의 거절에 대한 부정적인 반응을 개선할 수 있게 하는 것은 그리 쉬운 일이 아니다. 거절을 효과적으로 다루는 것을 정확하게 본 적이 없는 영업사원은 거절이 자신을 귀찮게 하더라도 강력한 의지를 가지고 대응하지 않을 수도 있다. 따라서 영업관리자는 영업사원들로 하여금 이 문제를 명확하게 인식하게 하고 해결해 나갈 수 있도록 지원할 필요가 있다.

문제를 인식하는 것은 매우 중요하다. 'HPP'를 통해서 정보를 얻는다는 것은 영업관리자가 단순히 그 영업사원을 개선 대상자로 지목하거나 즉각적인 변화를 볼 수 있다는 것을 의미하지 않는다. 한 사람의 사고체계인지 능력는 행동 유형을 수정하는 것처럼 쉽게 변화되거나 개선되는 것은 아니기 때문이다. 비록 그렇다 하더라도 거절의 두려움을 경험하는 영업사원이 역할을 제대로 수행하기 위해서는 반드시 이런 문제를 해결해야 한다.

'HPP'의 도움으로 영업관리자는 낮은 성과를 내게 되는 이유가 거절을 제대로 다루지 못한 것이 원인이었다는 것을 새롭게 인식하게 될 것이다. 동기의 결여와 그 외의 다른 것들로부터 파생되는 다양한 이슈들이 'HPP'를 통해 수면 위로 드러날 수 있다. 또한 문제가 드러난 만큼 해결책을 모색할 수 있다. 정확히 알지 못하는 문제를 해결하기 위해 추측만 하거나 헛된 노력으로 시간 낭비할 필요가 더 이상 없다는 의미다.

낮은 성과의 근본적인 원인이 밝혀지면 영업관리자는 영업사원의 거절 대응 방식에 대해 질문할 수 있다. "오늘 얼마나 많은 거절을 경험에 보셨습니까?"와 같은 질문이나 "잠재고객이 '아니'라고 말했을 때 어떤 느낌이 들었습니까?"와 같은 질문을 통해 영업사원들의 개선이 필요한 영역에 대해 피드백을 주면서 코칭할 수 있다.

낮은 성과의 근본적인 원인을 알게 되면 영업관리자는 그 이슈가 뭐였던지 영업사원들을 위한 유용하고 실용적인 솔루션을 제공해 줄 수 있다. 거절을 다루는 이슈를 인식하고 지적하는 것 외에도, 영업관리자는 영업사원이 다른 문제들에 대한 해결 능력을 가지고 있는지 점검해 볼 수 있다. 거절을 제대로 다루지 못하는 영업사원 또한 정확한 인식이 있으면 코칭과 훈련을 통해서 충분히 개선이 가능하다.

인지 능력을 평가하기 위해 'HPP'를 사용할 때 주의해야 할 점은 어떤 속성이던지 각각 혼자 독립적일 수는 없다는 것이다. 인지 능력은 다른 세 가지 구성요소 즉, 행동 유형, 지배 가치, 영업 스킬과 같이 전체적으로 상호 연결되어 있다. 어떤 영업사원이 거절을 다루는 역량이 떨어진다는 것은 그 영업사원이 단순히 명석하지 않은 사람인지 능력이 떨어지는이라는 것을 의미하지 않는다. 이는 단순히 수많은 인지 능력 중 특별한 속성이 다른 사람들 보다 낮다는 것을 의미할 뿐이다.

거절을 다루는 문제가 다른 인지적인 요소들과 함께 발생할 경우, 이 문제를 이해당사자가 제대로 인식하지 못하고 개선 의지가 없으면 실적이 낮은 영업사원의 약점을 개선하기 어렵다. 따라서 영업관리자는 영업사원들이 파악된 문제점들을 해결해 가는 데 시간과 노력을 쏟는데 가치를 느낄 수 있도록 해야 한다.

지배 가치의 충돌

이 책의 첫 부분에서 봤던 것과 같이 고실적 영업사원들은 일반적으로 높은 경제적, 정치적 가치를 가지고 있다. 필자가 다양한 산업에서 종사하는 영업사원들에게서 보아왔던 가장 보편적인 문제는 자신의 역할과 지배 가치의 충돌이었다. 돈을 버는 것과 영향력을 발휘하는 것에 동기부여되지 않은 영업사원의 경우 대부분 영업관리자의 기대에 미치지 못하게 된다.

영업관리자가 영업사원의 지배 가치 우선순위를 바꿀 수는 없다. 다시 말해 영업관리자가 교육이나 코칭을 통해 돈 이외의 다른 것에 의해 동기부여되는 영업사원을 돈에 의해 동기부여되도록 하기는 어렵다는 것이다.

영업사원의 지배 가치는 깊게 뿌리 내려져 있으며 영업관리자가 어떤 방법을 통해서도 이걸 변경하기는 어렵다. 그렇다고 해서 영업에서 요구하는 지배 가치와 일치하지 않는 영업사원을 모두 해고할 필요는 없다.

'HPP'는 영업사원의 지배 가치에 관한 중요한 정보를 제공해준다. 지배 가치는 한 사람의 행동에 영향을 주는 지적, 감정적, 엔진이다. 따라서 내면 깊이 자리를 잡은 한 개인의 동력이므로, 지배 가치를 이해하기 전에는 고실적 영업사원이 될 수 있을지 알기 어렵다.

'HPP'는 영업사원의 지배 가치에 대한 통찰을 통해 영업사원의 동기요인에 대해 정확하게 인식할 수 있도록 도와준다. 낮은 실적의 원인이 지배 가치 충돌일 경우 영업관리자는 세 가지 선택을 할 수 있다.

첫째, 그 영업사원을 그냥 두고 그가 처해 있는 환경을 개선하는 것이다.

금전적 보상 제도는 너무 각박하거나 또는 너무 후한 나머지 영업사원이 더 좋은 성과를 달성하기 위한 노력에 영향을 주는 경우가 있다. 예를 들어, 고정급을 받고 있는 한 영업사원이 있다. 그는 1개를 팔거나 1000개를 팔거나 항상 똑같은 보수를 받는다. 그런 그에게 가능한 한 많이 팔도록 요구를 한다면, 높은 경제적 점수를 가지고 있는 영업사원은 돈을 더 많이 벌려는 동기가 유발되지 못함으로 인해 더 많은 계약을 성사시키기 위해 부지런히 뛰지는 않을 것이다.

보수가 너무 많을 경우에도 마찬가지다. 필자의 한 고객사는 경쟁사들에 비해 높은 수준의 기본급을 제공해 주었다. 높은 수준의 월급에 추가로 커미션을 받을 수 있어 월급이 배 이상 될 수 있었다. 높은 경제적 점수를 가지고 있다 할지라도 충분한 보상 제도로 인해 기본 월급 자체가 많은 영업사원들을 충분히 만족시켜주고 있었다.

따라서 그들은 더 이상의 커미션을 받기 위한 동기부여가 잘되지 않는다. 회사가 영업사원들에게 너무도 많은 당근을 준 것이다. 필자는 고객사에게 새로운 보상 제도를 제안했고 회사에 이익이 될 수 있는 정도의 건강한 커미션이 유지될 수 있도록 유지하라고 권고했다. 그렇게 한 결과 실적이 낮은 영업사원들은 도태되었고 실적이 좋은 영업사원들은 건강하게 성장하게 되었다.

위의 두 가지 경우에 기존의 보상 제도에 변화를 가져옴으로 하여 영업관리자가 영업팀을 보는 방식을 개선할 수 있었다. 첫 번째 경우고정급 보상 제도에서, 영업사원에게 커미션 혹은 인센티브의 기회를 제공하여 금전적 보상에 의해 동기부여되는 영업사원에게는 내재적으로 원하는 수준의 돈을 벌 수 있도록 하였다. 두 번째 경우높은 고정급 보상 제도에서는 보상 수준을 적당히 낮추이 정상적인 보수에 의해 경제적 욕구를 완전히 만족시키지는 못하도록 하였다. 그 결과 영업팀은 정리가 되어 고실적 영업사원들은 자신의 노력에 의한 보수를 얻을 수 있게 되었다.

이와 같이 비록 영업사원의 지배 가치는 그대로이지만 영업관리자는 개별적인 영업사원의 동기를 만족시켜주는 수준으로 다른 원인들을 조정할 수 있다. 'HPP'를 응용하여 영업사원 개개인이 가장 중요시하는 지배 가치를 활용하여 환경을 개선함으로써 기존의 영업사원들을 동기부여 시킬 수 있다. 이러한 결정을 내릴 때 'HPP'를 사용할 뿐만 아니라 보상 제도를 변경함으로써 생산성을 제고할 수 있다.

둘째, 해당 영업사원의 지배 가치에 맞게 역할이나 보직을 변경하는 것이다. 높은 경제적, 정치적 가치 점수를 가지고 있지 못한 영업사원은 보통 고실적자 수준에까지 도달하지는 못하나 다른 방면에서 가치 수준이 높을 수 있다. 돈을 버는데 별로 동기부여가 되지 않은 베테랑 영업사원은 회사의 다른 수많은 영역에서 다른 역할을 발휘할 수 있다.

강력한 정치적 가치를 가지고 있지만 높은 금전적 보상에 별로 관심이 없는(낮은 경제적 가치 점수, 높은 이론적 가치 점수) 영업사원은 교육 부문의 훌륭한 코치나 강사 후보가 될 수 있다. 외부에서 영업활동을 하는 영업사원의 이상적인 지배 가치는 높은 수준의 경제적 가치 점수이지만, 기존의 영업사원이 높은 이론적 가치를 가지고 있다면 그는 지식의 전수를 통하여 영향력을 발휘하는 일에 더 큰 동기를 얻기 때문이다.

이론적 가치가 높은 영업사원을 교육 분야에 배치하게 되면 이는 윈-윈win-win의 상황으로 가게 되며, 영업 팀에 실적이 낮은 영업사원을 두는 대신 아주 효율적인 강사나 코치를 얻을 수 있다. 역할 변경의 또 다른 하나의 사례는 영업사원의 'HPP'가 높은 경제적 가치와 낮은 정치적 가치를 보여주는 경우다.

이는 영업사원이 돈을 버는 데는 관심이 있으나 스스로 전화를 하거나 독립적으로 행동하는 걸 별로 원하지 않는다는 것을 나타낸다. 이런 유형의 영업사원에 대해서는 신규 고객 발굴 영업에서 채널 영업 매니저로 변경하여 기존의 고객들을 위해 서비스하게 한다면 좋은 성과를 거두게 할 수 있다.

기존의 고객들을 잘 관리하고 신뢰 관계를 구축해 나가야 하는 영업사원은 여전히 원하는 만큼의 돈을 벌 수 있지만 자신이 독립적일 필요는 없다. 왜냐하면 이미 구축된 관계는 일반적으로 냉담하지 않고 온화하며, 프로세스상으로도 많은 기존의 절차들이 존재하고 있어 혼동이 적다.

기존 고객 관리자로의 변경을 통하여 회사는 독립성이 적은 영업사원에 의해 새로운 고객 발굴이나 비즈니스에서 손해를 보는 대신 고객 관계 영역으로 역할을 전환함으로써 훌륭한 채널 영업사원을 얻을 수 있다.

일단 영업사원의 'HPP'를 확정하게 되면 해결 방법이 어디에 있는지 찾아낼 수가 있다. 개별적인 영업사원의 일자리를 변경하거나 혹은 그들을 회사 내의 다른 보직에 배치하려면 영업관리자의 창의력이 필요하며, 동시에 이로 인해 얻게 되는 이점이 영업에 가져다주는 나쁜 영향보다 훨씬 많다.

셋째, 영업관리자가 선택할 수 있는 대안은 사실상 그냥 그들을 포기하는 것이다. 어떤 경우에는 확실히 별다른 방도가 없다. 'HPP'는 지배 가치 충돌에 관한 선택을 제공해 준다. 그러나 실적이 낮은 영업사원을 포기하는 것은 여러 가지 요소들의 복합적인 결과이다. 그러나 최종에는 개인의 역할과 영업 조직의 문화 사이의 지배 가치 충돌로 인해 그 사람을 계속 남겨둘 만한 지배 가치가 없는 상황이 존재한다.

지배 가치 충돌 그 자체는 절대로 없어지지는 않는다. 낮은 경제적, 정치적 가치 점수와 높은 이론적, 심미적 가치 점수를 가지고 있는 영업사원은, 보통 지식과 아름다움 그리고 평온한 방식에 의해 행동하기를 즐긴다. 이러한 가치 구조를 가지고 있는 기존의 영업사원은 잠재고객에 초점을 맞추고 영업관리자의 기대를 만족시키는 것을 매우 힘들어할 것이다.

그리고 그는 회사 내의 다른 그 어떤 직위에도 적합하지 않을 것이며 유일하게 가능한 대안은 포기다. 포기하는 방법이 가장 적합한 방법인지를 결정하는 관건은 그 사람에게 동기 부여되는 지배 가치가 회사의 생산성에 도움이 되느냐의 문제다.

'HPP'는 영업관리자에게 이러한 결정을 내릴 수 있는 정보를 제공해 준다. 실적이 낮은 영업사원에 대한 전반적인 이해가 없이 그를 어떻게 처리할지를 결정짓는 것은 그야말로 낭패가 될 것이다.

실적이 낮은 원인의 범위는 아주 넓다. 일부 영업사원들은 훨씬 더 생산적일 수 있도록 개선될 수 있으나 나머지는 개선 요구 수준에 절대 도달하지 못한다. 기존 영업사원을 'HPP'를 통해 평가함으로써 영업관리자는 단순히 영업 성과에 대한 관찰을 근거로 하였을 때 보다 훨씬 다른 차원의 능력을 발휘할 수 있다.

영업관리자들은 모든 영업사원들이 탁월해지기를 바란다. 그러나 그것은 애초에 불가능한 일이다. 'HPP'를 정보 수집과 의사

결정 과정의 한 부분으로 활용한다면 지속적으로 많은 성과를 창출할 수 있을 것이다.

CHAPTER 11

채용에 관한 불편한 기억

영업관리자라면 누구나 영업사원 채용과 관련하여 한 번쯤은 불편한 기억이 있을 것이다. 영업관리자 스스로 다시는 그런 영업사원은 뽑지 않겠다고 수 십 번 다짐해 본 적도 있을 것이다.

이 책에서 언급하는 내용들이 다소 생소하고, 추상적이고, 실제 현업에서 활용하기가 어려운 면이 있다고 생각할 수도 있다. 뿐만 아니라 'HPP'에 대한 연구도 인사 전문가가 아니면 난해하게 느껴질 수도 있다.

그러나 이 장을 읽으면서 당신이 영업관리자라면 현재 혹은 전에 함께 일했던 영업사원에 대해 생각해 보라. 불행히도 필자의 주장이 꽤 설득력이 있다는 것을 인정하게 될 것이다. 필자가 이 책에서 영업관리자들에게 보여주려는 것은 지금까지 영업관리자들이 영업사원의 낮은 성과에 대해 인식은 있었지만 그 문제의 근원을 파악하지 못했던 것에 관한 것이다.

다음에 소개하는 영업사원들의 성격은 오늘날 다양한 기업 환경 및 산업군에서 쉽게 목격할 수 있다. 아래 내용은 대부분의 영업사원들이 훌륭하지 못하다는 인식보다는, 왜 영업사원들이 이런 상태에 놓여 있는지에 대해 온전히 이해하는데 그 목적이 있다. 서로 다른 부류의 영업사원들을 어떻게 관리해야 할지에 대해 말하고자 하는 것도 아니다. 포괄적인 일반론에 대해 정리해 봤지 문제의 해결에는 별로 도움이 안 되기 때문이다. 교육, 개선, 그리고 포기는 각각의 경우에서 취할 수 있는 선택이므로 결정이 필요할 때 어떻게 해야 할지는 해당 영업관리자의 개인적인 요소와 'HPP'를 얼마나 잘 활용하는가에 달린 문제다.

필자가 영업관리자들에게 보여주려고 하는 것은 영업 성과가 높거나 낮은 영업사원들에게는 그럴만한 이유가 있으며, 그 원인들이 'HPP'에 의해서 측정되고 정의될 수 있다는 것이다.

행동 유형 문제

관계 추구형 : '관계 추구형' 영업사원들은 모든 사람들이 자신을 좋아

하기를 바란다. 그들은 잠재고객과의 신뢰 관계를 구축하는 것을 넘어 더 많은 시간을 들여 잠재고객들과 친근한 관계를 맺어보려는 시도를 한다. 이들은 자신의 고객들과 만나고 가까운 관계가 이루어지길 원하므로 그들과의 사이에 맺어진 관계에 기초하여 제품을 판매하려고 한다. 그러나 사실상 많은 사람들은 영업사원들을 친구로는 좋아해도 자신이 신뢰할 수 있는 사람한테서 제품을 구매한다.

관계 추구형 사람들은 다른 사람과 연결되는 것을 너무나도 중요시한 나머지 오히려 그로 인한 피해를 입게 된다. 우정과 친분을 수단으로 잠재고객을 설득하려고 서두르는 것은 오히려 그 반대 효과를 일으키게 된다. 잠재고객은 친분에 의한 영업사원의 요구에 대해 불편한 반응을 보일 수 있으며, 결국에는 영업사원이 설명하는 제품에 관한 모든 것에 대해 믿지 못하게 만든다.

관계 추구형 사람들은 전형적으로 매우 높은 수준의 '달변가'의 행동 유형을 가진다. 그들의 의도는 순수하나 구매자들은 자신들의 금전을 소비할 수 있는 만큼의 믿음을 주는 사람을 원하지, 그들과 가벼운 친분관계를 맺는 데는 별로 관심이 없다. 친분관계에 집착하는 관계 추구형 영업사원들은 자신의 개인적인 매력과 친분이 영업활동에 영향력을 발휘하지 못했을 경우 실망하게 된다.

높은 점수의 '달변가' 유형은 낮은 실적의 원인을 잠재고객들이 영업활동을 시작할 수 있는 정도의 충분한 관계를 발전시키는 걸 불편해하기 때문이라고 변명할 것이다. 그러나 이들은 잠재고객이 어떻게 하면 자신에게 호감을 가지게 할 것인가에 대해 너무도 많은 시간을 사용한 나머지 다른 데 시간을 투자할 수가 없을 뿐이다.

안정 추구형 : '안정 추구형' 영업사원들은 편안하고 안정감 있는 상황을 즐기며 혼란과 변화를 좋아하지 않는다. 그들이 좋아하는 타입의 고객은 이미 구매할 준비가 돼 있는 고객들이다. 따라서 신규 고객을 발굴하는 행위와 같은 불안정한 상황을 될 수 있는 한 회피한다.

안정 추구형 영업사원들은 자신들의 행동으로 인해 고객들이 긍정적인 반응을 가져다줄 것을 알고 있는 환경에서 아주 편해지는 경향이 있다. 익숙한 오피스 내, 기존 고객과 식당에서 마주하고 앉아 있거나 익숙한 분야에 있는 것 같은 상황이 이들을 아주 홀가분하게 만든다. 이들에게 낯선 환경에 나가서 고객을 확보하라고 하는 것은 상당한 부담감을 가져다준다.

안정 추구형 영업사원들은 보통 '실천가'와 '달변가'의 유형보다는 '달변가'와 '천천히 걷는 사람'의 행동 유형을 가지고 있다. 그들은 아주 매력적인 태도를 가지고 있으며 다른 사람을 잘 이해해 준다. 그러나 그들은 좋은 결과에 대한 예측이 가능한 상황 하에서만 이렇게 행동한다. 그들은 기존의 고객을 위해 서비스하고 지원하는 일을 훌륭히 해낸다. 그러나 문제는 많은 영업 조직에서는 영업사원들이 기존의 고객을 대하는데 대부분의 시간을 허비하는 것을 원하지 않는다는 것이다. 기존 고객 관리도 중요하며, 이들에게도 시간이 필요하다는 데 대해서는 의심할 여지가 없다. 그러나 신규 고객의 발굴을 위한 시간과 노력을 절대 멈추어서는 안 된다.

'달변가'와 '천천히 걷는 사람'의 조합형 행동 유형은 기존 고객 관리와 같은 영업 특성이나 영업 문화가 허용하는 조건하에서는 회사의 엄청난 자산이 될 수 있다. 그러나 이러한 행동 유형은 새로운 고객들을 지속적으로 발견하고 키우는 데 한계가 있다.

심사숙고형 : '심사숙고형' 영업사원들은 긴급상황에 대한 센서가 없다. 이들은 다른 임무를 수행하기 전에 그전의 일을 완벽하게 끝내고 나서 시작한다. 이들은 일들을 완성함에 있어서 아주 규칙적이며, 여러 작업을 동시에 진행해야 할 경우에 매우 불편하며 에너지가 떨어지고 스트레스 상황에 놓인다.

이들을 홀로 내버려 두면 일을 너무 꼼꼼히 하려고 한다. 예를 들어, 제안서를 작성해야 할 경우 몇 시간 내에 끝내야 함에도 불구하고 완벽하게 만드는데 삼사 일을 허비한다. 또한 일을 함에 있어서 정확하게 해내는 것이 빨리하는 것보다 중요하다고 생각한다. 궁극적으로 일을 완수하기는 하지만 새로운 비즈니스 기회를 다른 회사에 빼앗기게 된다.

심사숙고형 영업사원들은 대부분의 경우에 고실적 영업사원과 완전히 반대되는 행동 유형을 가지고 있다. 심사숙고형 영업사원들은 일반적으로 '천천히 걷는 사람'과 '컨트롤러'이다. 그들의 에너지 수준은 아주 낮고, 거의 모든 일에서 속도가 나지 않는 것 같아 보인다. 다른 사람들이 신속히 새로운 비즈니스로 방향을 돌릴 때 그들은 한 번에 한 명씩 잠재고객을 상대하면서 세부적인 문제에 신경을 쓴다.

심사숙고형 영업사원들을 빠른 의사결정과 속도가 요구되는 영업환경에 배치하게 되면 그들은 바로 에너지를 잃어버린다. 그들은 그러한 수준의 속도를 따라잡는데 필요한 에너지가 없기 때문이다. 게다가 심사숙고형 영업사원은 속도를 내서 추진해 나가야 하는 영업 문화에서 환영받기 어렵다.

필자는 자신의 영업사원에게 버럭 소리를 질러버린 영업관리자를 코칭한 적이 있었다. 그는 그 영업사원을 'HPP'로 평가해 줄 것을 요청했다. 필자는 그 영업사원이 심사숙고형 행동 유형을 가시고 있디는 걸 파악했고 고객에게 알려 주었다.

그 고객은 "그 영업사원의 긴급상황 대처능력의 결핍은 그의 큰 단점이며, 모든 일을 아주 잘하는 편이긴 하나 그 일들을 완성하는데 너무 많은 시간을 허비한다. 당신은 어떻게 그걸 알았는가?"라고 필자에게 물었다. 필자는 고객에게, 돈과 독립성을 중시하고 명확한 사고를 가진 견고한 영업사원일지라도 자신의 역할에 대한 가치 충돌이 있다면 고실적자가 되기는 힘들다고 알려줬다. 또한 그 영업사원을 계속 신규 고객의 발굴 역할을 맡기고 싶으면 문서작업을 적게 하도록 도와줘야 한다고 했다. 그렇지 않을 경우 차라리 그 영업사원을 긴급상황이 발생하지 않는, 기존의 관계를 관리하는 역할에 맡기는 게 더 나을 것이라고 했다. 고객은 필자의 의견에 동의했고 회사에서 그 영업사원에게 가장 적합한 일자리를 찾아보기로 했다.

모든 상황이 이처럼 잘 해결이 되는 것은 아니다. 따라서 영업 성격이나 R&R에 따라 적합하지 않은 유형의 영업사원 배치는 큰 손실을 야기시킨다.

훈련 교관형 : '훈련 교관형' 영업사원은 아주 직설적이고 냉정한 스타일로써 이들이 관심 있는 건 비즈니스일 뿐이다. 이들은 비즈니스에 집착한 나머지, 자신들이 궁극적으로 사람들한테 제품을 판매해야 한다는 점을 인식하지 못하고 있다.

그들은 아주 단도직입적이고 자신을 드러내길 좋아하며 비평적이다. 그들은 최종의 영업 목표를 제외하고는 관심이 별로 없으며, 목표 달성을 방해하는 장애물들은 무엇이든 간에 거침없이 제거한다.

이들은 품질 의식이 매우 높다. 또한 일을 정확하게 끝내는 것에 큰 의미를 둔다. 이들은 한 발을 가속 페달에 올려놓고 다른 한 발을 브레이크에 올려놓은 사람처럼 자주 시작했다 멈추었다를 반복한다.

훈련 교관형 사람은 보통 '실천가'와 '컨트롤러'형 사람이다. 이들은 사람 지향성이 약하다. 이들이 사람을 싫어해서가 아니라 따뜻하고 친절하게 대응하지 못해서이다. 이들은 처음에 따뜻한 관계를 시도하지도 않는다. 보통 이들은 자연적으로 친절한 관계를 만들어나가지 못하기 때문이다.

'실천가'의 측면은 매우 공격적이며 '컨트롤러'의 측면은 매우 정밀하므로 이러한 두 가지 스타일이 한데 조합된 사람일 경우, 영업관리자는 아주 까다롭고 심각하며 직설적인 영업사원임을 느끼게 될 것이다.

이들은 잠재고객들과 갈등을 불러일으킬 수 있으며 회사 내에서도 많은 충돌을 불러일으킬 것이다. 이들의 타인과의 관계 설정 방식은 일 중심이어서 친분관계 구축에 배타적이다. 아주 극단적인 상황에서는 일을 바르게 추진하려는 이유로 잠재고객과 논쟁에 빠질 수도 있다.

인지 능력의 문제

공상가형 : '공상가형'의 영업사원들은 항상 다양한 아이디어를 가지고 있다. 문제는 이들은 실행력이 약하다는 것이다. 그들은 보통 하늘에서 떡이 떨어지기를 원하는 식의, 현실성이 적은 미래 계획을 말로 표현하는 데만 그친다. 이들이 제기한 내용은 아주 완벽한 개념일 수도 있으나 그것들을 실현하기 위한 실행력의 결여로 실패한다.

공상가형들은 다른 사람들이 보지 못하는 목표 혹은 전략이나 기회를 볼 수 있는 능력을 가지고 있다. 이들은 자신의 아이디어를 영업관리자와 말하는 데는 아주 열광적이지만, 실행력이 떨어져 개념이 현실화되기 어렵다.

목표지향성은 영업사원에게 있어 매우 중요하지만 큰 그림을 보는 능력과 실행이 동반되지 않을 경우 지연되기 쉽다. 공상가형들의 문제는 결과 지향성의 결여에 있다. 계획을 실행해나가는 능력의 결핍으로 현실보다는 가능성만 충만된 세상에서 살고 있기 때문이다.

공상가형들은 아이디어를 현실화하는 과정에서 잠시는 그럴듯해 보일지 모른다. 그러나 이들은 실행력의 부족으로 인해 단지 아이디어만 내놓고, 다른 사람들이 그걸 실현해 주기를 원함으로써 일에 신빙성을 잃게 된다. 그리고 멀지 않아 그들의 아이디어는 무시당하게 된다.

샌드위치형 : '샌드위치형' 사람들은 공상가와 정반대이다. 그들은 항상 바쁘다. 그들은 다양한 프로젝트에 동시에 참여하기를 원한다. 그들은 행동함에 있어서 함정에 빠지게 되며, 전반적인 목표와 회사의 목표와 관계가 있는 일을 해내는 데 어려움을 겪는다. 그들은 항상 바빠 보이기에 사람들에게 훌륭한 영업사원이라는 인상을 주게 된다. 하지만 이런 활동들은 기대만큼 좋은 결과를 가져오지 못한다. 이들은 여기저기 맴도는데 많은 에너지를 허비하기 때문이다. 이들이 한 거의 모든 일들은 전반적으로 회사의 목표와 부합되지 않고 노력한 만큼의 결과를 보지 못한다.

샌드위치형 영업사원들은 'HPP'의 행동 유형을 가질 수는 있으나 목표지향성에서 점수가 낮다. 그들은 큰 그림을 보지 못한다. 그들은 자체적으로 위안을 느낄 수 있는, 바쁘게 돌아가는 일상에 만족을 느낀다. 팀 목표를 달성해야 하는 중요성은 무시한 채 말이다.

여기서 부족한 것은 공상가형 영업사원들이 가지고 문제의 정반대이다. 샌드위치형 영업사원들은 그들이 하고 있는 일과 그들의 목표 사이의 관련성에 대해서 별로 생각하지 않는다. 이들은 자신이 행하는 일들이 전반적인 계획의 어느 부분에 속하는지를 명확히 읽어내지 못함으로 열심히 일하는 반면에, 지극히 제한된 결과만 성취하게 된다.

젖소형: '젖소형' 영업사원들은 이들이 움직이게끔 몰아주는 소몰이가 필요하다. 에너지가 충만된 수완가의 겉모습을 가지고 있을지는 모르나 매일 아침 그들은 "오늘은 무얼 할 것인가?" 하는 질문으로 시작한다. 이들은 다른 사람들이 답을 알려준 다음에야 어렵게 무언가를 시작한다.

젖소형 : '젖소형' 영업사원들은 영업관리자의 끊임없는 지시를 필요로 한다. 밖에 나가 새로운 잠재고객을 만나야 한다는 걸 알고 난 후에는 처음으로 어디에 가야 할지를 궁금해하는 식이다. 기존의 고객들을 만나야 한다는 걸 알고 난 후에는 그 대화를 어떻게 시작해야 할지를 누가 알려주길 바란다. 상황이 어떻든 간에 그들은 항상 다른 사람의 도움이 있어야 일을 시작할 수 있다.

이들은 겉보기에는 신규 고객을 개발하고 새로운 비즈니스를 만들어 가는데 문제가 없는 행동 특성을 가지고 있는 듯해 보이나, 이일은 독립적으로 해나가는 것이 중요하다는 것을 알지 못한다.

스스로 시작하는 능력과 같은 인지 능력은 외근을 뛰는 영업사원의 성공에 아주 중요하다. 스스로 시작하는 능력을 가지지 못한다면 매일 어려운 문제에 부딪치게 된다. 마치 들판에 나가야 할 소가 여전히 외양간에 박혀 있는 것처럼 말이다.

변명형 : '변명형'의 영업사원들은 실패한 판매의 원인이 무엇인지를 정확히 알지 못한다. 이들은 자신의 낮은 영업실적의 원인을 잠재고객, 제품, 시간, 날씨 등등의 탓으로 불평하는 데 시간을 허비한다. 그들은 낮은 실적과 자신의 문제점 사이의 연관성에 대해서는 고려하지 않는다.

변명형 영업사원들은 낮은 성과의 원인으로 외부 요인에 대해 불평한다. 영업이 결과를 보지 못했을 경우 영업관리자에게 얘기할 구실을 준비한다. 놓쳐버린 영업 건에 대한 해답과 해결방안을 찾는 대신, 그들은 맘속으로 이야기를 엮어냄으로써 자신한테 그 어떤 잘못이 있다는 점도 인정하지 않으려고 한다. 여기서의 문제는 책임감의 결여다. 변명형 영업사원들은 실패에 대한 근본 원인은 자신한테 있다는 걸 인식하지 못한다.

그들은 다른 문제점들을 수없이 열거함으로써 책임이 자신한테 돌아오는 걸 회피하려고 하며, 자신한테 있는 문제점들을 직시하지 못한다. 원인을 제대로 찾아내지 못하는 이런 무능력은 문제를 더욱 복잡하게 만든다. 원인이 있는 곳은 보지 않고 변명거리에만 생각이 치우치기 때문이다.

지배 가치의 문제

비협조자형 : '비협조자형'들은 보기에는 자신들이 지켜야 할 규칙들을 문제없이 지키고 있는 것처럼 보이지만 규칙대로 행하기를 거부한다. 오늘에는 이런 방식대로 하고, 다음 날에는 아마 그들의 전략을 바꿀지도 모른다. 비협조자형들은 고실적 영업사원들과 유사한 행동 습관을 가지고 있을 수 있다. 그들은 높은 에너지를 가지고 있고 직접적이며 외향적일 수 있다. 그것이 그들이 처음에 채용될 수 있었던 원인이다.

비협조자형들이 규칙을 가벼이 여기는 행동을 하는 데는 그들의 지배 가치와 필연적인 관계가 있다. 지배 가치 프로필에서의 규칙적 가치가 아주 낮다. 비협조자형들은 당신의 조직 철학의 일부분인 규칙, 정책 혹은 절차를 별로 중요하게 생각하지 않을 수 있다. 비협조자형 부류는 규칙적 가치와 이론적 가치 둘 다 점수가 낮은 영업사원들이다. 이들은 규칙이나 원칙들을 준수하기를 거부하며 새로운 것에 대해 배우려고 하지 않는다.

이런 조합은 영업관리자가 그들을 지도하는 데 어려움을 겪는다. 그러나 이는 모든 경우에 다 이러한 것은 아니며 예외의 경우도 있다. 그러나 필자는 이런 조합의 영업사원들이 자주 영업관리자에게 고민과 좌절을 가져다주는 것을 충분히 보아 왔기 때문에 당신이 영업관리자라도 마찬가지일 거라 생각된다.

근본주의자형 : '근본주의자형' 영업사원들은 모든 일들이 어떻게 진행되어야 할지를 정확히 알고 있다. 그들은 생활과 직업 분야에서 자신을 관리하기 위한 아주 까다로운 규칙과 절차들을 가지고 있다. 영업관리자가 이들에게 알려줄게 별로 없으며 기대할 수 있는 효과도 아주 적다.

근본주의자형 사람들은 자신의 주위에 견고한 금속 틀을 갖춰놓고 있다. 새로운 아이디어 혹은 기술에 대한 제의를 받게 되면 그건 마치 커다란 망치로 이들의 틀을 부수는 것과도 같다. 이러한 충격은 전체 인지체계에 영향을 미칠 것이며 근본주의자형 사람들은 이걸 아예 원하지 않는다. 그들은 보통 "나는 당신이 얘기하는 뜻을 알아들었소. 그러나 나는 나만의 처리 방법이 따로 있소"라는 자세를 가지고 있다. 이들의 새로운 방법 혹은 아이디어를 수용하지 않는 경직성은 낮은 이론적 가치와 높은 규칙적 가치에서 온다. 이들은 새로운 것을 배울 가치가 아주 적다고 생각한다. 그는 자신이 이미 특정한 흥미를 가지고 있는 영역에서 그러한 지식을 가지고 있고, 그걸 벗어나서 모험할 가치가 없다고 생각하기 때문이다.

높은 규칙적 가치 점수는 그들이 생활과 사업에서 준수해야 할 자신의 지침들을 아주 견고하게 믿고 있다는 것을 설명한다. 이들의 특징은 코칭 의지가 아주 낮다는 것이다. 근본주의자형 사람들이 적당한 성과를 유지하지 못하는 경우에도 그들은 자신의 일련의 규칙들을 적당히 수정하여 성과를 높이는 데 대해 어려움을 겪는다.

거의 대부분의 사물들을 흑, 백 두 가지로 분류하는 성향으로 이들은 회색 영역에서 일하는 것을 어려워한다. 규칙적 가치가 높은 영업사원은 그들의 규칙에 따라 움직이는 것을 너무 선호하는 나머지, 대안의 가능성에 대해 인식하지 못하게 된다.

할인점형 : '할인점형' 영업사원들은 잠재고객 혹은 고객의 어려움에 많은 영향을 받은 나머지 고객들과 깊이 감정적으로 엮이게 된다. 이것은 문제가 될 수 있다. 왜냐하면 이들은 영업사원으로서 자신의 존재 이유를 망각하기 때문이다.

거래를 성사시켜야 하는 시점에서 이런 영업사원들은 해당 제품의 가격이 너무 높다고 느끼게 된다. 따라서 이들은 고객에게 제품을 할인해 준다. 할인점형 영업사원들은 고객들을 기쁘게 해주고 싶어 한다. 이들에게는 관계를 맺는 것이 돈보다 더 중요하다. 그들은 고객들과 개인적인 관계를 원한 나머지 자신의 개인적인 수입과 회사의 수입을 희생하면서까지 그 관계가 돈독하게 되기를 원한다.

이들은 영업을 통해 회사에 이윤을 남기기 힘들다. 이들의 초점은 고객에게 대한 동정으로 변하게 되며, 자신이 판매하는 제품 혹은 서비스의 가격을 정당화하기 위해 고객이 거절할 이유가 없을 정도로 아주 유혹적인 가격을 제시한다. 이들은 고객과의 좋은 관계를 갖기를 원하지만 이러한 관계들이 장기화될수록 회사에 손해를 가져다주게 된다.

고객에 대한 높은 수준의 동정심 때문에 회사의 이윤을 침식하는 할인점형 영업사원들은 보통 사회적 가치 점수가 높은 유형들이다. 할인점형 영업사원들은 고객과의 개인적인 관계를 통해 동기부여된다. 이들은 고객들과의 관계 구축을 위해 낮은 가격을 제시한다.

할인점형 영업사원들은 그 정도의 경중에 따라 현저한 영업 손실을 회사에 가져다줄 수도 있다. 영업사원들은 영업활동 과정에서 고객들과의 관계가 중요하기 때문에 사회적 가치가 지배적이다. 그러나 영업사원의 사회적 가치가 너무 높은 경우, 회사의 이익 보다 잠재고객이나 기존 고객들과의 관계에 더 신경을 쓰게 된다.

앞서 다양한 종류의 영업사원들의 종류에 대해 살펴보았다. 한 명의 영업사원의 실적에 장·단기적으로 영향을 주는 요소는 매우 다양하다. 이렇듯 다양한 요인들이 직 간접적으로 작용하고 있기 때문에 낮은 성과의 원인은 단순한 문제가 아니다.

예를 들어, 영업사원 스스로 시작하는 능력의 결핍젖소형으로 인한 인지 능력의 문제와 회사의 이익보다 고객과의 관계를 중시하는 가치할인점형상의 충돌을 일으키는 영업사원이 있을 수 있다. 또는 영업사원이 공상가이자 동시에 거절에 대한 처리에 문제가 있을 수 있다.

세상에는 낮은 성과밖에 내지 못하는 수많은 영업사원들이 있다. 이런 영업사원의 진정한 장애 요인이 무엇인지를 알기 위해서는 'HPP'를 통해 평가를 진행해야 한다.

영업관리자들이 생각하는 영업사원에 대한 문제점들은 실제 문제점과 관련이 적은 경우가 대부분이다. 성과가 낮은 영업사원이 '왜 그 모양인지'에 대해 깊이 있게 분석하고 파고들어야 하며, 동시에 이러한 상황을 처리할 시간과 사원도 투자하여야 한다.

영업관리자들이 영업사원에 대해 어떤 문제가 있는지 판단하는 것도 중요하지만 그보다 더 중요한 것은, 영업사원이 왜 그러한 문제에 부딪쳤고, 그것을 어떻게 처리해야 할 자기가 더 중요하다. 그게 바로 대책없이 고민하는 것과 'HPP'를 활용하는 것과 구분되는 근본적인 차이점이다.

'HPP'는 단순히 영업사원을 평가하는 도구를 넘어 영업사원이 가지고 있는 문제에 대해 어떻게 처리할지에 대한 정보를 제시해 준다. 'HPP'는 말 그대로 고실적자를 만들기 위해 만들었다.

최고의 영업실적은 정확한 행동을 하는 것에 달려있다. 영업관리자는 개선이 필요한 영업사원에 대한 'HPP'를 가지고 있어야 한다. 마찬가지로 영업관리자가 고실적 영업사원을 'HPP 모델'을 통하여 평가하기 전에는 '왜 그들이 성공할 수 있었는지'를 알기 어려울 것이다.

기존의 영업사원들과 영업부문 지원자들의 'HPP'를 결정하는 것은 최고의 영업팀을 구축하는 첫걸음이다. 계획 없이 집 짓기를 시작하지 말아야 하는 것과 마찬가지로, 성공을 위한 로드맵이 없이는 성공적인 영업팀을 만들 수 없다.

이제부터는 개선이 필요한 영업사원들에게 제공되는 교육훈련의 한계에 대해 살펴보자.

CHAPTER 12

영업사원 교육훈련의 한계

　영업사원을 대상으로 한 교육훈련에 참석하여 새로운 영업 스킬이나 전략을 배우면 실적이 더 나아질 수 있는가? 월별 수치들을 보면서 무언가 잘못된 점을 발견했을 때, 당신은 그 문제에 대한 해결 방법으로 교육을 선택했던 적이 몇 번이나 있는가? 영업 교육이나 세미나에서 흥분된 상태로 돌아와 개과천선 할 것 같더니 단지 일주일, 한 달이 지난 후에 또다시 같은 문제가 드러나기 시작한 영업사원들이 몇 명이나 되는가?

　교육훈련은 한계가 있다. 교육훈련을 통해 다루어지는 대부분의 내용들은 영업 성과 향상과 연관성이 있고 유용하지만, 며칠간의 교육으로 영업사원의 역량을 개선하기는 어렵다. 일반적으로 영업 교육 기관이나 연수원에서 소개하는 자료들이 문제인 것은 아니다. 여기에 두 가지 문제가 있다.

첫째는 우리의 뇌가 단시간에 폭발적으로 흡수한 내용을 장기간 기억하지 못한다는 것이다. 지식이나 정보들은 지속적으로 사용하고 강화하지 않는 한, 단기 기억 저장소에 아주 짧은 기간 머물러 있다가 사라지게 되어 있다.

두 번째 문제는 교육을 통해 제공된 지식이 영업사원에게 항상 효과가 있는 것은 아니라는 것이다. 영업사원은 해당 정보가 성과 향상에 유익하다는 것을 인식은 하지만 그 정보를 사용하는 데는 어려움을 겪는다.

예를 들어, A라는 한 영업관리자가 B라는 자신의 영업사원이 신규 고객 발굴에 어려움을 겪고 있다는 것을 알게 되었다. A는 해당 영역의 잠재고객 개발에 관한 교육훈련이 있는 걸 알게 되었고 B를 그 교육 과정에 참석시켰다. B는 교육에 참가하였고 돌아와서 A에게 잠재고객 개발에 관해 배운 여러 가지 새로운 방법들을 배웠다고 했다. 여기까지는 괜찮았다. 영업관리자인 A는 B가 이러한 새로운 영업 스킬을 사용하여 신규 고객 발굴에 변화가 있을 것으로 기대했다.

그 뒤로의 몇 주간 A는 신규 고객 확보를 위해 노력하고 있는 B를 가까이에서 관찰해 보았다. 처음에 B는 전화를 하고 새로워 보이는 방식을 시도하기도 하는 것 같았다. 그러나 월말이 되자

B는 예전의 자신의 모습대로 돌아왔고 새로워 보이던 움직임들도 더 이상 없었다. A가 B에게 그가 배웠던 새로운 기술을 왜 더는 사용하지 않느냐고 물었을 때 B는 새로운 기술들이 자신한테 별로 효과가 없는 것 같다고 얘기했다.

A는 약간 짜증이 났다. 왜냐하면 B가 참석했던 교육이 매우 고가의 세미나였는데도 불과 한 달도 그 효력을 유지하지 못한 채, 예전의 모습대로 돌아와 새로운 고객보다는 기존의 고객한테 더 많은 시간을 투자하고 있었기 때문이다.

만약 A가 B에게 'HPP' 모델을 적용하였더라면 A는 B가 거절을 다루는 방면의 인지 능력에 도전을 받고 있으며, 이론적 가치에 동기부여가 잘 되는 사람이라는 것을 알았을 것이다. B는 자신이 잠재고객들로부터 받은 거절들로 인해 심하게 스트레스를 받고 있었으며, 그 결과 잠재고객들을 대상으로 전화하는 것을 꺼리게 된 것이다.

이는 영업관리자의 노력에도 불구하고 인지 능력과 지배 가치가 충돌을 일으키는 전형적인 사례다. B는 어떻게 판매해야 하는지예를 들어, 고객 발굴 스킬을 사용하여를 알고는 있으나 그의 인지 능력과 지배 가치가 이를 실행하는 데 필요한 행동을 뒷받침하지 못하고 있는 상태다.

이처럼 한 영업사원이 영업상황에 필요한 스킬에 대해 알고 있다고 해서 그 스킬을 잘 활용할 수 있다고는 할 수 없다. 그렇다고 해서 영업관리자가 영업사원에게 하는 교육이 필요 없다는 것은 아니다. 여기서 우리가 알아야 할 것은 영업 교육을 통해서 배운 지식들은 일상적인 행동에서 반복적으로 실행에 옮김으로써 스킬로 습득된다는 것이다.

따라서 끈질긴 의지가 없다면 장기적인 차원에서의 개선이 있을 수 없고, 더 중요한 사실은 가치 충돌이 있다면 아무리 많은 반복적인 자극을 주어도 행동의 변화를 가져오기 어렵다는 것이다. 그러므로 비싼 교육훈련의 대가로 시간과 비용을 낭비하는 것을 피하기 위해서라도 영업관리자가 해야 할 일은, 우선 먼저 자신의 영업 분야에 적합한 사람을 찾는 것이고 그다음에 교육하는 것이다.

CHAPTER 13

채용이 우선이다

"탁월한 영업사원은 만들어지는가?, 혹은 태어나는 것인가?"라는 주제는 영업관리에 있어서 대단히 중요한 의미를 지닌다. 만들어지는 측면이 강하다면 교육훈련이 매우 중요한 의미를 지니게 되고, 반면에 타고나는 측면이 강하다면 교육훈련보다는 채용이 훨씬 중요한 의미를 지니게 된다.

옆 페이지의 그림은 앤드리스 졸트너스Greggor A. Zoltner와 프라바칸트 신하Prabhkant Sinha가 연구한 빙산 모델이다. 영업사원의 능력을 기술, 지식, 자질 등 3개의 차원으로 구분하고 그중에서 보이는 부분기술과 지식은 교육훈련을 통해서, 보이지 않는 부분자질에 대해서는 채용을 통해서 충족시키는 것이 타당하며, 외

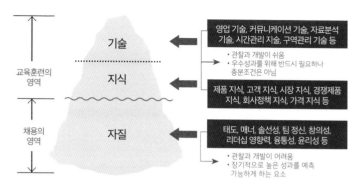

채용과 교육훈련의 빙산모델

교육훈련의 영역

기술

영업 기술, 커뮤니케이션 기술, 자료분석 기술, 시간관리 지술, 구역관리 기술 등

• 관찰과 개발이 쉬움
• 우수성과를 위해 반드시 필요하나 충분조건은 아님

지식

제품 지식, 고객 지식, 시장 지식, 경쟁제품 지식, 회사정책 지식, 가격 지식 등

채용의 영역

자질

태도, 매너, 솔선성, 팀 정신, 창의성, 리더십 영향력, 융통성, 윤리성 등

• 관찰과 개발이 어려움
• 장기적으로 높은 성과를 예측 가능하게 하는 요소

: 앤드리스졸트너스(Andis Zoltners) · 프리바칸트 신하(Prabhakant Sinha) · 그레고르 졸트너스(Gregor A. Zoltners) 2001, 《성과 창출을 위한 영업력 촉진 방안》

부로 보이는 부분보다 보이지 않는 내적인 부분이 성공적인 영업활동을 위해 더 중요하다는 것을 나타낸다.

기업에서는 영업사원들의 전문성 향상을 위해 부족한 부분을 채울 수 있도록 기술과 능력을 가르친다. 하지만 실적이 우수한 영업관리자가 되려면 우수한 영업사원을 채용하는 것이 영업관리에 있어서 다른 무엇보다 중요하다.

이 밖에 채용이 중요한 이유는 교육훈련의 한계성, 영업사원 역할의 고도화, 잘못된 채용의 부정적 역할, 부족한 인적자원 등의 요인들을 들 수 있다. 채용과 더불어 유지도 중요하다. 우수한 영업인이 이직하면 이들의 채용이나 교육훈련 등에 소요된 비용이 물거품이 되어버림은 물론, 매출 기회를 상실하는 결과를 초래하기 때문이다.

결론적으로 성공적인 영업관리를 위해서는 교육훈련을 통해 영업 스킬이나 지식을 배양하기에 앞서, 성장하는 과정에서 자연스럽게 길러지는 타고난 특성과 자질을 갖추고 있는 영업사원을 채용하는 것이 중요하다는 것이다.

영업사원들은 제각기 다른 동기부여 요소를 가지고 있으며, 사고방식이나 동료들과의 관계도 행동 유형에 따라 다르다. 또한 사람들을 변화시키는 것은 한계가 있어 모든 영업사원들을 동일하게 만들기란 애초에 가능하지 않다. 따라서 영업사원 개개인의 특성을 활용하여 이미 그가 가지고 있는 것을 더욱 잘할 수 있도록, 그리고 그것을 통해 성과를 낼 수 있도록 도와주어야 한다.

국내에는 영업사원의 특성과 성과와의 관련성에 대한 연구가 많지 않다. 그러나 일부 연구에서 영업사원의 성과지향성, 학습지향성, 고객지향성, 감정 조절 능력, 개념적 사고능력, 분석적 사고능력, 솔선성, 자신감, 타인을 이해하는 능력, 질서에 대한 관심 등의 다양한 특성들이 성과에 영향을 미치고 있는 것으로 나타났다. 이러한 영업사원의 특성들도 부분적으로는 교육훈련을 통해 양성할 수도 있지만 대부분은 영업사원이 되기 이전부터 가지고 있는 특성이라 할 수 있다.

결론적으로 성공적인 영업활동을 수행하기 위해서는 교육훈련을 통해 영업기술이나 지식을 배양하는 것도 중요하지만, 고실적 영업사원이 되기 위해 갖추어야 할 많은 특성들은 타고나거나, 혹은 성장하는 과정에서 자연스럽게 길러지는 것이기 때문에 'HPP'를 통해 진단하고 적합한 자질을 갖춘 영업사원을 채용하는 것이 영업 혁신의 시작이다.

CHAPTER 14

적합한 자리를 찾아라

영업사원 개인의 행동 유형을 이해하고 인지 능력, 지배 가치를 이해하는 것은 실적을 높이고 영업사원을 성장시키기 위한 첫 단계에 불과하다. 두 번째 단계는 프로파일을 통해 개개인에게 가장 적합한 자리 즉, 역할을 찾는 것이다.

세계 최고의 스포츠맨들은 그들의 기량을 최대로 발휘할 수 있고, 뛰어난 플레이를 펼칠 수 있는 종목을 선택했기에 큰 성공을 거두었다.

손흥민 선수는 축구 선수로서 큰 성공을 거두었지만 야구 선수로 활동했어도 그렇게 큰 성공을 거두었을지 생각해 본다면, 적합한 자리라는 것이 얼마나 중요한지 이해할 수 있을 것이다.

손흥민 선수의 스포츠 재능에 의문을 제기하는 사람은 없을 것이다. 실제로 대한민국 스포츠 기자들이 실시한 투표에서 그는 4년 연속 올해 최고의 선수로 선발되었다. 그러나 손흥민 선수와 같은 사람이라 할지라도 자신의 재능을 빛내기 위해서는 적합한 역할을 찾아야만 한다.

150개 이상의 조직을 대상으로 한 연구를 통해 필자는 각각의 영업활동은 각기 다른 스포츠 종목과 마찬가지로 서로 다르다는 점을 발견하였다. 제약회사의 영업사원으로서 뛰어난 역량을 펼칠 수 있도록 해주는 특성은 부동산 영업이나 자동차 영업에서 필요한 특성과는 달랐다.

필자는 많은 사람들이 좋은 영업사원으로서의 특성을 가지고 있지만 적합하지 못한 분야를 선택했기 때문에 좋은 실적을 기록하지 못한다는 것을 알 수 있었다. 이러한 상황에서 지대한 노력과 끈기는 성공이 아니라 좌절로 이어지기 쉽다.

'적합한 자리'라는 개념은 명확할 것 같지만 흔히 기업과 영업조직 모두 잘못 이해하고 잘못 적용하고 있다.

K는 명문 공대 졸업생으로 쉽게 전공 분야에 취업할 수 있었다. 그러나 몇 년 후, 그는 자신이 공대에 입학할 때 생각했던 것과는 달리 기계공학 관련 일을 좋아하지 않는다는 것을 알게 되었다. 필자와 대화할 때도 그는 대학시절 우수한 성적

을 올리기는 했지만 그것은 전공과목을 좋아해서가 아니라, 성실한 습관과 취업을 위한 학점관리 때문이었다고 말했다. K가 유능한 엔지니어가 될 수 있었던 것도 그 성실함 덕분이었다. 그러나 그는 자신의 직업으로부터 진정한 만족을 찾지 못했다.

많은 사람들과 마찬가지로 K는 일상적으로 자신이 잘하는 일을 했다. 하지만 그 일은 그가 뛰어난 역량을 발휘할 수 있는 일은 아니었다. 기계공학 분야가 심각한 불황에 휩싸이게 되자 그의 회사에서는 인력을 대폭 감축했고, 그 와중에서 K도 해고되었다. 그리고 그가 전공한 분야에서는 일자리를 찾기가 어려웠다.

자포자기한 심정으로 K는 생활비라도 벌어 보고자 다른 일을 찾아보기로 했다. 친한 친구 한 명이 영업을 추천했고 그는 시도해 보기로 결심했다. 기계공학을 전공했고 전공분야에서 몇 년 동안 일했던 경험도 있었기에 영업팀이 있는 회사의 기술영업직에 채용될 수 있었다.

K를 채용한 영업관리자는 그에게 탁월한 영업사원의 자질이 있다고 믿었다. 그러나 2년 후, K를 채용했던 영업관리자는 자신이 실수했다고 확신했다. K의 실적은 평균 이하였고 나아질 가능성도 거의 없어 보였던 것이다.

K를 면접할 때 필자는 그가 뛰어난 영업사원으로서의 잠재

력을 가졌음을 알 수 있었다. 그러나 그의 역량은 기술영업에서 높은 실적을 올리는 영업사원들에게서 찾아볼 수 있는 것과는 달랐으며, 오히려 생활가전제품 영업 분야에서 최고의 실적을 달성하는 영업사원들의 유형과 더 비슷했다. K는 다른 회사의 영업직을 찾아갔고 현재 그는 최고 실적을 올리는 영업사원이 되었다. K는 결국 자신에게 적합한 영업 분야를 찾아간 것이다.

일반적으로 개인과 회사가 저지르는 실수 중의 하나가 한 사람의 살아온 배경이나 교육, 경험을 중요하게 생각한다는 것이다. 그 결과 영업 분야에 뛰어들고자 하는 약사는 제약 영업 혹은 의료기 영업을 선택할 가능성이 높다.

그러나 영업직을 선택할 때는 무엇을 알고 있느냐가 아니라 사람 자체가 더 중요하다. 즉, 지식이 아니라 행동 특성이나 인지 능력, 지배 가치가 더 중요하다. 따라서 "영업팀 구성원 개개인이 과연 적합한 영업 분야에서 활동하고 있는가?"라는 질문에 답하기 위해서 어떻게 질문해야 할지 정확하게 알 필요가 있다. 이러한 질문들은 현재 영업사원들에게 진정으로 적합한지를 평가하는 좋은 도구가 될 것이다.

영업 조직은 시간의 흐름과 함께 변화한다. 그 변화와 함께 영업사원의 역할이 달라지는 것도 당연하다. 지난 10년간 몸담고 있던 영업 조직에서 매우 적합한 영업사원이었다고 할지라도 이제는 다른 역량이 요구될 수도 있다. 과거에 뛰어난 영업실적을 올렸던 영업사원이라 할지라도 여러 가지 작은 변화가 실적과 직업 만족도에 큰 영향을 미칠 수 있다.

가끔 변화는 하룻밤 사이에 이루어지기도 한다. 흡수 합병이나 새로운 제품 생산으로 인한 정책 전환, 또는 정부 정책의 변화 등, 영업환경에 큰 영향을 미치는 중요한 사건은 언제나 터질 수 있다. 만약 이런 일이 발생한다면 최선의 대응 방법은 다른 회사를 찾는 것일 수도 있다. 적합한 자리는 그만큼 중요하다.

의료기기를 생산하는 회사의 영업책임자 L은 경쟁과 자립을 기반으로 하던 회사의 정책이 팀 보상으로 바뀌었을 때 분통을 터트렸다. 다른 사람들이 낮은 실적을 올리면 그로 인해 자신의 인센티브가 30%나 감소되는 것을 감수해야만 했던 것이다.

그에게는 이것이 터무니없는 정책으로 보였다. 그러나 회사로서는 시장 상황에 비추어 볼 때 그 정책을 밀고 나가는 수밖에는 선택의 여지가 없었다. 그 결과 L을 비롯한 25%에 달하는 영업사원들은 이 회사를 나와 개인 병원과 의료기관을 대상으로 하는 회사를 설립했다. 개인 실적을 중시하는 이들 영업사원들은 계속 좋은 활동을 펼치고 있다.

이처럼 모든 영업사원들이 자신에게 적합한 자리를 찾는 기회를 갖는 것은 아니다. 그러나 'HPP'를 통해 영업팀 개개인을 이해하고 그들에게 적합한 영업직을 찾게 하는 것은 영업관리자의 일이자 영업사원의 일이기도 하다.

| CHAPTER **15** |

무조건 최고를 채용하라

영업관리자가 책임지고 있는 구역이나 분야 중에 담당자가 없어서 새로운 영업사원을 채용해야 한다면, 이 간단한 원칙을 따라야 한다.

"오직 최고만을 채용하라"

모두가 인정하는 바와 같이 이것은 행동하기는 어렵지만 말하기는 쉽다. 그러나 이 일이 당신의 업무 중에서 가장 중요한 일이다. 하지만 왜 그렇게 어려운가?

첫 번째, 우리는 겉으로 보이는 것에 잘 속는다. 우리는 눈에 보이는 것을 중시하는데, 영업에서의 성공에는 아무런 영향을 미치지 못한다는 것을 알면서도 그렇다. 우리는 지원자의 경험을 중시해서 훌륭한 경력을 가진 사람은 완벽할 것이라고 생각한다. 혹은 다른 사항들을 중시할 수도 있다. 예를 들어, 지원자가 관계 추구 경향이 매우 강한 사람이어서 유별나게 호감이 간다면, 우리는 그들 채용한다. 지원자의 외모에 강한 인상을 받을 수도 있다.

앞에서도 살펴보았듯이 이러한 지원자들이 영업을 잘 할 것처럼 보이지만, 나중에 가서는 결국 그렇게 해서 채용된 사람은 단지 겉보기에만 좋을 뿐임이 드러난다.

막 전역한 초급 장교 출신들만 영업사원으로 선발하는 회사가 있다. 군대의 규율을 배웠기 때문에 주도적으로 영업을 잘할 수 있다고 믿었다. 영업 스킬만 가르치면 막강한 영업팀으로 만들 수 있다고 믿었던 것이다. 그러나 매우 잘못된 가정이었다. 그들 중 몇몇은 뛰어난 영업사원으로 변신하기도 했지만 대부분은 회사가 기대했던 영업사원의 모습이 아니라 평범한 영업사원에 그쳤다.

만약 이벤트에서 사회를 맡아줄 개그맨을 선발한다면 "재미있는 사람인가?"에 초점을 맞추어 질문할 것이다. 그 개그맨이 어느 학교를 졸업했는지, 전공이 무엇인지에는 관심을 가지지 않는다. 영업 역시 개그맨과 마찬가지로 재능에 큰 비중을 두어야 한다. 당신의 영업사원은 영업에 필요한 재능을 충분히 가지고 있는지 자문해보라.

두 번째 원인은 영업관리자가 할 수 있는 일을 스스로 과대평가한다는데 있다. 영업관리자의 명함을 보라. '영업관리자'라고 되어있지 '인간 개조 전문가'는 아니지 않는가?

영업관리자가 신입 영업사원에게 가르칠 수 있는 것과 영업사원이 영업을 성공적으로 수행하기 위해 필요한 재능 사이의 차이를 인정해야 한다. 영업사원들에게 상품과 업계 동향, 고객에 관해서는 가르칠 수 있다. 그러나 이들에게 동기가 결여되어 있다면 그것을 주입해 주기는 어려우며 재능을 심어줄 수도 없다. 정신 상태가 올바른 농구 감독이라면 언젠가는 키가 클 것이라 믿고 삭은 사람을 선수로 선발하지는 않을 것이다. 마찬가지로 아무리 유능한 영업관리자라 하더라도 형편없는 지원자를 유능한 영업사원으로 변화시킬 수는 없다.

세 번째 이유로는 최고를 채용할 시간적 여유가 없다고 생각하여 현실적으로 가능한 한도 내에서 최고를 채용하기 때문이다. 현실적으로 업계의 최고의 영업사원을 채용하는 것이 불가능할 때가 많다. 그가 이미 다른 회사에서 일하고 있고 또 잘하고 있기에 직장을 옮길 필요를 느끼지 못하기 때문이다.

그러나 경험 많은 사람이 아니라 재능이 있는 사람을 찾아야 한다. 영업에 요구되는 재능이 무엇인지 생각해 보고 다른 업계에서 실적은 좀 떨어지더라도 재능의 적합성에 있어서는 더 근접한 사람을 찾아야 한다.

영업사원을 채용하는 일은 어쩌면 당연한 일이다. 그러나 최고의 영업사원을 채용하는 것보다 좋은 것은 없다. 최고의 영업사원은 다소 독특한 개성의 소유자일 수도 있다. 평범한 영업관리자는 이런 사람을 채용하는 것을 불편해한다. 평범한 영업사원들과 함께 일하는 것이 더 편해 보이기는 하지만 뛰어난 영업팀을 만들기는 어렵다.

성과가 우수한 영업관리자가 되고 싶으면 최고 수준의 영업사원을 채용하라. 인내심을 가지고 최고를 채용하라. 기다린 보람이 반드시 있을 것이다.

CHAPTER 16

면접을 통한 성과 예측

면접은 가장 보편적으로 활용되는 선발 도구이다. 많은 연구들이 면접은 지원자의 실제 성과를 예측할 수 있는 훌륭한 도구라는 점을 보여주고 있다. 특히 영업사원의 선발에 있어서 면접의 실제 성과에 대한 예측력은 다른 직종에 비해 더 높다고 할 수 있는데, 그 이유는 지원자가 면접에서 보여주는 대화 기술이 실제 영업에서도 필요한 기술이기 때문이다.

그러나 면접관과 관련한 면접의 문제점으로 다음과 같은 사항들이 지적될 수 있다.

— 면접관에 따라서는 어떤 질문을 어떻게 해야 할지에 대해서 잘 알

지 못하고, 자격 요건과는 관계없는 질문을 하기도 하며, 지원자의 반응을 어떻게 해석해야 하는지에 대해서도 미숙할 수 있다.

— 지원자의 응답은 면접관의 행동이나 멘트에 의해 크게 영향을 받기 때문에 면접관은 시종일관 가장 중립적이며 일관된 자세를 견지해야 하지만, 훈련되지 못한 면접관은 이러한 자세를 유지하기 힘들다.

— 면접관은 지원자의 자격에 대한 객관적인 판단보다는 지원자의 한두 개의 특징에 근거하여 직감적인 판단을 할 수 있다. 즉, 객관적인 판단보다는 편견에 의한 판단을 할 가능성이 있다.

— 면접관의 주된 역할은 지원자의 말을 많이 듣고, 지원자의 자격요건에 대해 판단하는 것임에도 불구하고 자신이 너무 말을 많이 하고, 대답할 수 있는 기회를 적게 부여할 수 있다.

— 면접관은 지원자의 긍정적인 측면보다는 부정적인 측면에 의해 더 많은 영향을 받는다. 그래서 지원자를 불합격시켜야 하는 이유는 잘 설명하지만, 합격시켜야 할 이유는 잘 설명하지 못하는 경향이 있다.

— 면접을 받고 있는 지원자의 특성이 그 이전에 면접한 지원자의 특성과 대조적인 경우, 극단적인 평가를 내릴 가능성이 높다.

면접이 가지고 있는 이러한 단점들을 최소화시키고 실제 성과에 대한 예측력을 높이기 위해서는 면접관에 대한 사전 교육이 선행되어야 한다. 즉, 면접관의 개인적인 특성과는 관계없이 지원자의 자격요건을 판단하기 위해 적절한 질문이 이루어질 수 있도록 사전 준비와 교육을 철저히 할 필요가 있다. 또한 평가를 표준화하기 위해 표준화된 평가 양식을 사용하는 것도 면접관들 간의 편차를 줄일 수 있는 좋은 방법이 된다.

이러한 면접관 사전 교육의 중요성은 지원자가 많아서 면접관들이 서로 다른 지원자들과 면접을 해야 하는 경우에 더 커지게 된다. 면접이 이렇게 여러 가지 단점을 지니고 있지만 잘 계획되고 실행되는 면접은 선발을 위한 필수적인 도구라는 점에는 변함이 없다.

면접 유형에 대해 살펴보면 질문 항목이 사전에 정해져 있는지의 여부에 따라 구조적 면접structured interview과 비구조적 면접unstructured interview으로 나누어진다. 최근에 들어서는 이러한 구분과는 달리 행동 의도나 실제 행동을 중심으로 질문이 이루어지는, 행동기반 면접 과정에서 성과가 측정될 수 있도록 하는 성과기반 면접이 활발히 활용되고 있다. 또한 고의적으로 정신적인 스트레스를 주고 이에 대해 지원자가 어떻게 반응하는지를 관찰하는 스트레스 면접도 활용되고 있다.

구조적 면접

구조적 면접에서는 모든 면접관들이 지원자에게 질문할 내용이 적혀있는 면접가이드를 이용하여 질문하고, 지원자의 각 질문에 대한 응답 내용을 기록한다.

앞에서 언급한 바와 같이 선발 도구로서의 면접의 단점 중의 하나는 면접관이 어떤 질문을 해야 하는지를 모를 수 있다는 것인데, 구조적 면접은 이러한 단점을 근본적으로 해결해 줄 수 있다. 따라서 면접관이 평가에 숙달되지 않은 경우에는 반드시 구조적 면접을 실시하는 것이 바람직하다. 또한 지원자에게 동일한 질문을 하기 때문에 지원자를 평가하기가 수월하고, 여러 명의 면접관이 각기 다른 지원자를 면접해야 하는 경우에도 지원자에 대한 평가가 보다 객관성 있게 이루어질 수 있다.

연구 결과들에 의하면 대체로 비구조적인 면접보다는 구조적인 면접이 실제 성과를 보다 정확하게 예측할 수 있는 것으로 나타났다. 구조적인 면접은 질문이 정해져 있기 때문에 유연성이 떨어진다는 비판이 있을 수 있지만, 면접관이 면접 가이드의 취지에서 크게 벗어나지 않는 범위 내에서 질문의 내용에서 융통성을 발휘함으로써 그 단점을 최소화할 수 있다. 이렇게 필요한 정보를 수집하되 면접 가이드에 적혀있는 질문을 글자 그대로 읽어주는 게 아니라, 상황에 따라 질문의 내용에 융통성을 발휘하는 면접을 준구조적 면접semistructured interview이라고 한다.

이 유형의 면접은 특히 영업 경력자를 선발할 때 유용하게 사용될 수 있다. 예를 들어 전략고객을 담당하는 베테랑 영업사원을 선발하고자 하는 경우, 이 영업사원은 고객의 문제를 해결하고 새로운 가치를 창출할 수 있는 창의성, 솔선성, 적응성 등을 갖춘 사람이라야 하는데, 고정적인 질문보다는 면접 과정에서의 대화가 물이 흐르듯이 자연스럽게 이루어질수록 융통성을 발휘하는 질문이 지원자가 바람직한 특성들을 가지고 있는지를 판단하는데 더 적합하다.

비구조적 면접

비구조적인 면접은 면접관이 최소한의 질문만을 하고 지원자가 자신의 경험, 일상생활, 장단기 목표 등에 대해 자유롭게 말할 수 있는 형태로 이루어진다. 즉, 면접관은 지원자가 지속적으로 말을 할 수 있도록 하는데 필요한 최소한의 말만 한다.

비구조적인 면접의 이론적인 배경은 자유롭게 말을 많이 하게 할수록 그 사람의 자질이나 성격 등에 대해 더 많이 알 수 있다는 것이다. 이 방법의 단점으로는 획득한 정보의 양에 비해 너무 많은 시간이 소요될 수 있다는 점, 지원자의 말 가운데 어떤 말들은 주제와 전혀 관계가 없거나 평가하기 곤란한 것일 수도 있다는 점, 면접관이 정작 평가하고자 하는 측면에 대한 말이 전혀 나오지 않을 수도 있다는 점 등을 들 수 있다.

행동기반 면접

———

면접 과정에서 지원자의 추상적인 의견이 아니라, 가상적인 상황에서의 행동 의도나 과거의 실제 행동 등에 대해서 묻는 경향이 커지고 있다. 이러한 질문을 위주로 진행되는 면접을 행동기반 면접behavior-based interview이라 한다.

행동기반 면접이 각광을 받는 이유는 지원자의 행동 의도나 과거의 행동이 지원자가 미래에 어떤 행동을 할 것인가를 예측하는 데 유용한 지표가 될 수 있기 때문이다. 가상적인 상황에서의 행동 의도를 묻는 질문을 '상황 기반적 질문'이라고 하고 과거의 행동을 묻는 질문을 '행동기반적 질문'이라고 한다.

아래의 표는 전형적인 질문과 상황 기반적 및 행동기반적 질문에 대한 예를 제시하고 있다.

상황기반적 질문과 행동기반적 질문

전형적 질문	상황기반적 질문	행동기반적 질문
주요 고객이 회사의 방침과 다른 요구를 하는 것에 대해 어떻게 생각하십니까?	주요 고객이 회사의 방침과 다른 요구를 해 왔을 때 어떻게 대처 하시겠습니까?	주요 고객이 회사의 방침과 다른 요구를 해왔을 때 어떻게 대처하셨습니까?
고개의 이탈을 방지하기 위해서는 어떠한 활동이 중요하다고 생각 하십니까?	오랫동안 거래하고 있는 고객이 이탈 조짐을 보이고 있다면 어떻게 대처 하시겠습니까?	오랫동안 거래하고 있는 고객이 이탈 조짐을 보이고 있을 때 어떻게 대처하셨습니까?

그런데 과거의 행동에 대해 묻는 행동기반적 질문을 하기 위해서는 지원자가 현재 선발의 초점이 되고 있는 직무와 관련된 경험을 가지고 있어야 한다. 따라서 영업과 관련된 구체적인 경험이 전혀 없는 대학 졸업예정자 등에 대해서는 이러한 질문을 할 수 없다.

성과기반 면접

성과기반 면접performance-based interview은 면접 과정에서 면접자의 성과를 일정 부분 평가할 수 있는 형태로 이루어지는 면접을 의미한다.

성과기반 면접의 가장 전형적인 형태는 면접 과정에서 필기도구나 컴퓨터 같은 면접장에 있는 물건을 지적하고, 그 물건을 면접관에게 팔아보라고 요구하는 것이다. 이를 통해 지원자가 얼마나 빠르고 창의적으로 판매전략을 세우고 이를 실행에 옮길 수 있는지를 관찰할 수 있다.

또는 지원자에게 주제를 주고, 일정 시간이 경과한 뒤에 판매전략에 대한 프레젠테이션을 하도록 하는 형태의 '프레젠테이션 면접'도 사용되고 있다. 이러한 형태의 면접을 통해 지원자의 전략 수립 능력, 자료 작성 능력, 표현력 등 다양한 측면에 대한 관찰이 가능하다. 현재 우리나라 기업들도 이러한 방식을 적극적으로 도입하고 있다.

이러한 형태의 면접에서는 질문의 유형이나, 준비나, 발표에 주어지는 시간 등은 채용 규모에 따라서 크게 차이 날 수 있다. 통상적으로 채용 규모가 커서 프레젠테이션을 해야 하는 지원자가 많은 경우에는 한두 줄의 간단한 질문, 준비 시간 30분 내외, 발표 시간 5~10분, 질문 시간 5~10분, 화이트보드의 사용 등의 조건하에서 프레젠테이션이 이루어지지만, 채용 규모가 작아서 프레젠테이션을 해야 하는 인원이 적고, 매우 신중하게 선발을 해야 하는 경우에는 특정한 제품에 대해 설명도 해주고 관련 자료도 배포한 뒤, 몇 시간의 준비 시간을 주고 파워포인트로 자료를 작성하게 한 뒤, 20~30분 동안 발표를 하게 되는 경우도 있다.

성과기반 면접은 면접관과 지원자가 대화를 하는 형식에서 벗어나, 지원자들을 소집단으로 편성하여 특정한 주제에 대해 자유토론을 벌이게 하는 형식으로 진행될 수도 있다. 이를 통해 지원자의 분석력, 창의력, 표현력, 설득력, 합의 도출 능력 등의 다양한 측면을 평가할 수 있다. 이러한 형태의 면접을 '토론면접'이라 부른다.

성과기반 면접의 가장 극단적인 형태는 면접관이 지원자를 대동하고 실제의 영업현장에 가서 그 지역을 담당하고 있는 영업사원이 콜드콜cald call : 사전예약 없는 방문을 하는 것을 관찰하게 한 후, 지원자에게 실제 콜드콜을 해보도록 하는 것이다. 이러한 형태의 면접을 통해 지원자가 영업사원으로서의 자질을 얼마나 갖추고 있는지를 종합적으로 평가할 수 있다.

그런데 이러한 방식은 지원자에게 너무 많은 스트레스를 주게 되고, 더 나아가서는 영업에 대한 관심을 아예 잃어버리게 할 수도 있기 때문에 통상적인 면접에 비해 그 시행에 있어서 더 세심한 주의를 요한다.

스트레스 면접

스트레스 면접stress interview은 말 그대로 지원자를 스트레스가 많은 상항으로 몰았을 때, 어떻게 행동하는지를 관찰하는 형태의 면접을 의미한다. 이를 통해 지원자의 성격과 태도에 보다 많은 정보를 획득할 수 있다.

영업사원 지원자에 대해서 이러한 형태의 면접이 특이한 이유는 영업사원은 실제 영업 상황에서 잠재고객의 거절과 같은 많은 스트레스를 받게 되는데, 이에 대해 지원자가 어떻게 대처하는지를 예측하는 것이 평가에 큰 도움을 줄 수 있기 때문이다.

면접 과정에서의 스트레스 상황은 면접관이 침묵을 지키고 있다거나, 공격적인 질문을 지속적으로 한다거나, 영업과는 관련이 없는 까다로운 퀴즈를 낸다거나 하는 방식으로 조성된다. 이러한 방식을 통해 인내심, 순발력, 창의력 등 지원자의 다양한 측면을 관찰할 수 있다. 앞서 언급한 성과기반 면접도 통상적인 면접에 비해 지원자가 받는 스트레스의 수준이 훨씬 높기 때문에 스트레스 면접의 범주에 포함될 수 있다.

CHAPTER 17

정체된 영업사원, 어떻게 할 것인가?

　정체된 영업사원은 과거에는 실적이 좋았지만 현재는 발전이 없거나 개선에 대한 의욕을 상실해버린 영업사원을 의미한다. 대부분의 경우에는 은퇴할 나이에 이르러서 업무에 대한 의욕을 상실하는 것이 일반적이지만, 정체된 영업사원은 은퇴할 나이에 훨씬 미치지 못하였음에도 불구하고 영업에 흥미를 상실해 버린 영업사원으로, 주로 40대와 50대에서 발생한다.

　이들은 영업에 대한 흥미를 잃었음에도 불구하고 퇴직도 하지 않고 요령을 피우면서 회사에 머물러 있기 때문에 문제가 발생한다. 회사가 이들을 해고하는 것도 쉽지 않은데, 이는 이들이 오랜 기간에 걸쳐 몇몇 중요한 고객들과 매우 밀접한 관계를 구축하여 왔고, 이러한 관계 형성을 바탕으로 별로 노력도 하지 않으면서 일정 수준 이상의 실적을 올리고 있기 때문이다.

이러한 영업사원들을 해고하면 고객들도 같이 이탈할 가능성이 높기 때문에 회사로서는 이들을 해고하는 것이 매우 힘든 결정이다. 회사의 입장에서는 이들에 대한 인건비 등이 비효율적으로 지출됨은 물론, 이들의 존재가 다른 영업사원에게 좋지 않은 영향을 미친다. 이들을 어떻게 관리해야 하는가에 대해 회사의 고민이 커진다.

정체의 징후

정체의 징후는 여러 가지로 나타난다. 특별한 이유도 없이 결근이 잦아지고 근무시간도 짧아진다. 또한 얼마 있지 않아 그만둘지도 모른다는 생각을 가지고 있기 때문에 잠재고객을 관리하여 자신의 고객으로 만들려는 노력을 기울이지 않는다. 기존고객에 대한 관리에도 소홀하게 되고, 이에 따른 고객들의 불만이 증가한다.

업무에 대한 의욕이 없기 때문에 창의적인 노력이나 논리적인 업무 진행도 찾아보기 힘들어진다. 새로운 제품이나 기술에 대해서도 공부를 하지 않고 업무와 관련한 질문을 해도 잘 답변을 못한다. 일상적인 대화에서 화려했던 과거에 대한 얘기를 하기 좋아하고, 영업환경의 변화나 새로운 영업기술 등 미래지향적인 얘기를 싫어한다.

정체의 원인과 해결방안

영업사원의 정체의 원인으로는 여러 가지가 지적될 수 있지만 대체로 다음과 같이 네 가지로 나누어 볼 수 있다.

첫째, 한 가지 업무를 너무 오랫동안 해오는 데서 기인하는 권태감 일 수도 있고, 둘째로는 가까운 미래에 승진이나 보다 높은 수준의 업무를 수행할 가능성이 없을 것이라는 좌절감을 들 수 있다. 셋째로는 과도한 업무수행으로 인한 탈진을 들 수 있으며, 넷째로는 영업을 통해서 자신의 금전적 보상을 다 얻었기 때문에 더 이상 전력을 다해 영업 업무를 수행할 필요가 없다는 생각이 대표적인 예이다.

영업관리자는 먼저 영업사원의 실적이나 행동에 대한 관찰을 통해 정체의 징후를 조기에 발견할 수 있어야 하며, 그러한 징후가 발견된 영업사원과의 대화를 통해 정체의 원인이 무엇인가를 파악하는 것이 중요하다.

정체에 대한 해결방안은 정체의 원인에서부터 찾아져야 한다. 먼저, 지루함이 원인이라면 새로운 업무를 부여하는 것이 해결책이 될 수 있다. 예를 들어 신입 영업사원을 대상으로 하는 교육훈련이나 코칭을 하는 역할, 고객 및 경쟁사의 정보를 수집하는 역할, 새로운 제품에 대한 고객들의 아이디어를 수집하는 역할, 새로운 구역을 개척하는 역할 등과 같이 지금까지와는 다른 새로운 역할을 부여함으로써 지루함으로 인한 정체를 최소화할 수 있다.

둘째, 정체가 승진이나 보다 높은 수준의 업무수행에 대한 가능성이 없을 것이라는 예상 때문에 발생하는 것이라면, 회사는 영업사원을 영업관리자로 승진시키는 것은 아니더라도 영업사원에게 보다 많은 책임과 권한을 가지고 업무를 수행할 수 있는 직책을 마련해 줌으로써, 영업사원들이 스스로 경력관리를 할 수 있도록 하는 것이 중요하다.

예를 들어 성과가 좋은 영업사원을 보다 도전적이고 잠재력이 높은 구역에 배치한다거나, 보다 규모가 크고 수익성이 높은 중요한 고객의 관리에 대한 책임을 부여한다거나, 영업사원으로서의 직급을 올려주는 등의 방안을 고려할 수 있다.

셋째, 탈진은 일에 대한 흥미가 떨어지기 때문에 나타나는 현상이 아니라 체력적으로나 정신적으로 영업활동을 감당해 낼 수 없기 때문에 발생하는 현상이기 때문에, 영업사원의 체력 소모를 최대한 줄여주는 방향의 해결책이 모색되어야 한다.

탈진은 남성 영업사원보다는 여성 영업사원의 경우에 보다 빈번하게 발생되는 데, 그 이유는 여성이 남성보다 육아 및 가사에 더 많은 시간을 할애해야 하기 때문이다. 따라서 회사는 어린이집 운영이나 여성전용 휴게실의 운영 등을 통해 휴식의 기회를 많이 부여함으로써 탈진 현상을 완화시킬 수 있다.

넷째, 영업활동을 통해 원하는 금전적 보상을 얻을 만큼 얻었기 때문에 정체가 발생하는 것이라면, 영업사원으로 하여금 인정이나 승진과 같은 비금전적 보상의 가치를 인식하게 하는 것이 해결방안이 될 수 있다. 즉, 금전적 보상도 중요하지만 앞으로도 많이 남은 직장생활과 사회생활을 원만하게 해나가기 위해서는 자신의 가치를 대외적으로 보여줄 수 있는 승진이나, 공식적인 인정 등이 중요함을 인식시켜 줌으로써 동기부여를 할 수 있다.

이러한 유형의 정체는 특히 영업사원들에 대한 보상 방법이 커미션을 중심으로 되어있을 때 흔히 나타난다. 커미션의 특징은 많은 실적을 올린 영업사원이 최대한의 보상을 받아 가도록 되어있는 시스템이기 때문에 이를 채택하고 있는 조직에서는 고액의 수입을 올리는 영업사원이 나타나기 마련이다. 많은 금전적 보상을 확보한 영업사원들이 정체의 현상을 보이는 경우가 많이 관찰되면, 커미션 중심의 보상 방법에 문제가 있는 것을 의미하고 따라서 이에 대한 개선을 고려해야 한다.